Kaśka Bryla

mein vater
der gulag
die krähe
und ich

Kaśka Bryla

mein vater der gulag die krähe und ich

Roman

Residenz Verlag

Wir danken für die Unterstützung

Stadt Wien Kultur

LAND SALZBURG

Bundesministerium
Kunst, Kultur,
öffentlicher Dienst und Sport

MIX
Papier | Fördert gute Waldnutzung
FSC® C083411
FSC www.fsc.org

Mühlstraße 7, 5023 Salzburg
info@residenzverlag.at

Bibliografische Information der Deutschen Nationalbibliothek
Die Deutsche Nationalbibliothek verzeichnet diese Publikation in der Deutschen Nationalbibliografie; detaillierte bibliografische Daten sind im Internet über http://dnb.dnb.de abrufbar.

www.residenzverlag.com

Umschlaggestaltung: Kathrin Klöckl
Typografische Gestaltung, Satz: Lanz, Wien
Lektorat: Jessica Beer
Gesamtherstellung: EuroPB Druckservice, Tschechische Republik

ISBN 978 3 7017 1810 8

Um zu verstehen, wie ein Mensch die Welt sieht, muss man verstehen, wie die Welt diesen Menschen sieht.

Masha M. Linehan

Für meinen Vater Zygmunt Bryła (1926–2009)
und für mich.

Erster Teil

Oft ist das, was einer Gruppe geschieht,
nur im Lichte dessen verständlich,
was einer anderen geschieht.
Doch das ist nur der Beginn der Verbindungen.

Timothy Snyder, Bloodlands

Es gibt einen Schmerz, der zwischen den Schulterblättern beginnt, entlang einer Linie bis zur Kopfmitte zieht und, sobald ich hinfasse, wie ein Blitz in mich fährt, während ich kraftlos vor meinem Haus auf Rädern im Liegestuhl sitze und den Wolken nachsehe, die heute schneller als gestern vorbeiziehen, aufgeplustert und prächtig auf mich herabsehen, den matten Körper, der im besten Fall den Weg zum Dixi-Klo und zurück schafft, weil meine Mitbewohner*innen mir ein Dixi-Klo hingestellt haben, damit ich ihres nicht mit der Krankheit verseuche, die sich 2020 über der Welt ausbreitet, damit ich meine Notdurft bis an die Waldgrenze schleppe, wo der Beton ins Gras fließt und ein dünner Streifen Wildnis beginnt, an den der Holzzaun einer Hundekita anschließt, wodurch der kleine Dschungel, unter dem sich Gasrohre verstecken, die alle paar Jahre gewartet werden müssen, den linksseitigen Puffer zwischen mir und der Außenwelt bildet, und ich sitze an der Grenze und höre den Kot in die Chemikalien plumpsen, erinnere mich an das Gebell aus der Hundekita, das Geschrei des Besitzers, wenn er Willi, Luna oder Freddie maßregelt, und spüre, dass mir Schweiß den Rücken hinunterrinnt, obwohl es Ende April und für einen Frühlingstag kühl ist, aber Hitzewallungen trotzen einer kühlen Brise ohne weiteres, so wie die Krankheit meiner Hoffnung trotzt, da mir niemand Besserung verspricht, nicht die zwei Frauen von der Stadtverwaltung, die nachmittags vorbeikommen und überprüfen, ob ich zu Hause bin und lebe, nicht die

Frau vom Bürgeramt, die täglich frühmorgens anruft, auch nicht die Ärztin, die mir einmal wöchentlich telefonisch erklärt, dass es ihr leidtue, sie aber auch nichts wisse, rein gar nichts, sie könne mir nichts versprechen, wie denn, somit auch nicht, ob ich irgendwann wieder normal atmen oder für längere Spaziergänge als die zum Dixi-Klo Kraft haben werde, wobei sie bei dem Wort Dixi-Klo von der Stimmlage eines Weimaraners zu der eines Pinschers wechselt, wahrscheinlich sitzt sie in einer mehlweißen Praxis, trägt einen sterilen Kittel, ist umgeben von Instrumenten aus Edelstahl und Einwegpackungen, und versteht nicht, warum jemand freiwillig auf ein Dixi-Klo geht oder in einem LKW-Anhänger wohnt oder das Wasser in Kanister füllt und diese auf einem Rollator über den Beton fährt oder Holzscheite in den Allesbrenner schmeißt, allerdings weiß sie außer von dem Dixi-Klo von nichts, sie hat bei unserem ersten Telefonat nur nach anderen Haushaltsmitgliedern und Sanitäranlagen gefragt, und ich erzähle nicht ungefragt aus meinem Leben, weshalb ich mich nach zwei Wochen, als kleine Vertraulichkeiten aufzukommen beginnen, für gesund erklären lasse, untersucht werde ich ohnehin nicht, nein, keine Symptome mehr, bestätige ich der Frau vom Bürgeramt und höre, wie sie aufatmet, obwohl sich an meiner Atmung nichts verändert hat, auch nicht an dem Druck auf dem Brustkorb, den stechenden Schmerzen im Enddarm oder an der Müdigkeit, die mich mehrmals am Tag unerwartet überkommt und gegen die ich nichts auszurichten vermag, außer zu warten, also warte ich weiter, auf Essenstüten, die ich bei meinen Mitbewohner*innen bestelle, auf ein zufälliges Gespräch mit einer, die an meinem Wagen vorbeiläuft und stehen bleibt, auf Textnachrichten oder Anrufe von Estha, auf den Sonnenuntergang und dann auf den Sonnenaufgang, auf Regen gegen das gelbe Gras oder auf wärmere Tage, bis ich auch vom Warten müde werde, und kurz bevor ich wieder im Liegestuhl einnicke, erinnere ich mich an einen Sommernachmittag, an dem ich mit dir in Polen vor deinem Haus im Garten saß und weinte, weil Sue, die damals ein Welpe war, sich seit dem Morgen ständig erbrach und ich daran zu zweifeln begann, dass unter meiner Obhut aus dem Welpen eine Hündin werden könnte, dass sie trotz mir überleben könnte, durch meinen Tränenfluss sah ich den Labrador zu einem Meerschweinchen zusammenschrumpfen und schließlich als Fellfleck auf dem Kachelboden liegen, woraufhin du mich in den Arm nahmst und meintest, ich dürfe mir die Dinge nicht so zu Herzen nehmen, dass ein Welpe manchmal kotze, dass es morgen vorbei sein werde, dass du dir mehr Sorgen um mich, deine Tochter, als um Sue machtest, darum, wie ich durch dieses Leben kommen würde, wenn ich schon an der Kotze eines Welpen verzweifelte, ob du mir nicht oft genug erzählt hättest, dass es im Gulag zwei Arten von Gefangenen gegeben habe, die einen, die Essen gegen Zigaretten, und die anderen, die Zigaretten gegen Essen getauscht haben, und der Welpe wurde erwachsen und starb später in meinen Armen so wie du; und ich begrub Sue im Dschungel hinter dem Dixi-Klo.

Obwohl erst Mittag ist, kommt mir der Tag schon alt vor, ich ziehe ein Heft aus der Schublade, in das ich ein paar Zeilen schreibe, dann stehe ich auf, mache ein paar Schritte, spüre die Erschöpfung und kehre besiegt in den Liegestuhl zurück, lege die Beine auf den Tisch, dämmere vor mich hin, höre verschwommen Stimmen meiner Mitbewohner*innen, die sich über die Krankheit unterhalten, darüber, wie sie ihre Arbeit mit den Kindern, die keine Schule mehr haben, vereinbaren können, die Kinder seien jetzt rund um die Uhr zu Hause, sie sprechen über die Maskenpflicht, die immer mehr ausgeweitet wird, dass es aber keine Masken zu kaufen gebe, wer wem welche Stoffmasken genäht habe, sie sprechen darüber, wann das Dixi-Klo abgeholt werden soll, wie viel das koste, wie lange es wohl noch gebraucht werde, die Stimmen werden leiser und es überfällt mich erneut der Schlaf, zieht mich ins Reich der rosa Elefanten, bis ein Grashüpfer auf meinem Oberschenkel herumtapst, woraufhin ich blinzle und nicht entscheiden kann, ob ich Hunger habe, ob mir kalt ist, was ich essen soll, ob ich mir heute endlich die Aufnahme eines unserer Gespräche anhöre, bei denen ich dich nach deiner Kindheit, Jugend, dem Zweiten Weltkrieg und deiner Zeit im Widerstand, der Armia Krajowa befragt habe, wie du schließlich nach Sibirien deportiert wurdest und dort drei Jahre im Gulag, in der kalten Hölle, um dein Leben geschuftet hast, weil du wolltest, dass deine Geschichte nicht in Vergessenheit gerät, dass ich sie aufschreibe, du hast mir ein Versprechen abgerungen, aber dieses Versprechen ist ein See, der ein Meer ist, das man der Länge nach durchschwimmen muss, weshalb ich mich davor drücken wollte, jetzt drängt es sich immer öfter an mich heran, also laufe ich Richtung Dixi-Klo, Richtung Waldstreifen, Richtung Betonende, halte das Smartphone in der Hand, sollte jemand anrufen oder eine Nachricht schicken, sollte sich jemand an mich erinnern wie die Henne an ihr Ei, ich höre eine Amsel schreien, das Kikeriki des Hahns aus Henrikes Gehege, einen Specht klopfen, Gerhild Henrike erzählen, dass heute Früh ein Krähenbaby vor ihrem Wagen gestanden und gekrächzt habe, dass es jetzt hinten bei Jonas, dem Ornithologen, sei, in einem Käfig, der wohl irgendwo herumlag, dass es alle halben Stunden mit Würmern gefüttert werden müsse und niemand so genau wisse, wer das die ganze Zeit machen soll und für wie lange, was mit den Eltern passiert sei, ob sie noch am Leben seien, dass alle kamen, um das Krähenbaby zu bestaunen, dass es aussah, als hätte es sich selbst aus der Erde gebuddelt, ein Krähenbaby, denke ich, wenn so ein Krähenbaby unbeschadet bis zu Gerhilds Wagen hüpfen konnte, gibt es vielleicht auch für mich Hoffnung, und beinahe wäre ich selig im Dixi-Klo eingenickt, als ich vom Vibrieren des Smartphones aufschrecke, erwartungsvoll auf den Screen schaue, hej, Süße! steht da und wie geht es dir heute? und sollen wir morgen skypen? und ich verlasse das Dixi-Klo, schlurfe zurück zum Liegestuhl, vorbei am

Klo der anderen, lächle Gerhild gezwungen an, winke mit der freien Hand, während ich in der Linken das Smartphone quetsche, weil ich den ganzen Tag auf eine Nachricht von Estha gewartet habe, in der steht, dass ich ihr fehle, dass sie bei der morgendlichen Joggingrunde festgestellt hat, dass nun schon eine Woche vergangen war, seit wir uns das letzte Mal zumindest auf dem Bildschirm gesehen haben, wie traurig sie das mache, und auf noch mehr, das nicht in der Nachricht steht, mein Magen knurrt, ich habe heute noch nichts gegessen, wenn du mich jetzt hier sehen würdest, deine Tochter, die sich die Treppe in einen LKW-Anhänger hochzieht, zwei Toastscheiben in den Toaster wirft, die Gasflamme des Campingkochers anmacht und ein Ei in die Pfanne schmeißt, weil Eier alles abdecken und im Zweifel zum Überleben reichen, ich am Nachmittag meistens überleben möchte, um doch noch irgendwann mit einem Fallschirm aus einem Flugzeug zu springen, mit weit ausgebreiteten Armen, so wie in den YouTube-Videos, die ich vor dem Einschlafen schaue, im Sitzen, um besser Luft zu bekommen, du würdest mit den Handflächen gegen deine Stirn trommeln, und ich antworte, gerne morgen skypen, schlinge das Rührei hinunter wie ein Frosch, kaue den Toast hinterher, versuche mir dabei nicht so sehr leidzutun, dass ich losweine, aber die Tränen steigen schon hoch, darum schaue ich schnell ein paar TikToks, lache schließlich über den Dackel, der freudig auf eine Meereswelle zurennt, dann klopft Henrike an meine Wagentür, sagt, dass sie zum Rewe fahre, ob ich etwas brauche, nein, antworte ich, ob ich von dem Krähenbaby gehört hätte, dass es hinten bei Jonas in einem Käfig sitze und schreie und total süß sei, ja, doch, ich werde später vorbeischauen, antworte ich, dass ich noch nie ein Krähenbaby gesehen habe, aber jetzt ein wenig lesen wolle, weil mich Bewegung anstrenge, ich nehme ein Buch vom Schreibtisch und halte es hoch, Galizien von Martin Pollack, das ich vor über fünfzehn Jahren als Vorbereitung für unsere Gespräche gekauft habe, aber Henrike ist schon los zum Rewe, also setze ich mich mit dem Buch in den Liegestuhl, die Beine auf den Tisch und lese die unterstrichenen Stellen.

Behutsam stopfe ich mit Hilfe einer Pinzette eine Ladung toter Würmer in den weit aufgerissenen Schnabel des Krähenbabys, das inzwischen Karl heißt, obwohl niemand, auch nicht Jonas, der Ornithologe, bestätigen kann, dass es sich bei Karl um einen männlichen Vogel handelt, weil das bei Krähenvögeln schwer auszumachen ist, und tatsächlich erinnere ich mich nicht, jemals einen Unterschied festgestellt zu haben wie bei Amseln oder Hühnern, bei denen das Geschlecht zunächst auch nicht ersichtlich ist, sich aber schnell farblich herauskristallisiert, letztendlich macht es auch keinen Unterschied, wäre Karl Karoline, wichtig sei, meint Jonas, dass sich Karl gut rufen lasse, er stellt sich hin und macht es mir vor: Karl! Karl!, ohne dass Karl reagiert, ich nicke matt, stopfe weiter Würmer und denke, dass der Käfig lediglich ein Transitraum ist, bis er fliegen kann und sich davonmacht, stelle mir vor, dass sich diese Entwicklung innerhalb weniger Tage vollzieht, das Krähenbaby magisch zur ausgewachsenen Krähe mutiert, die aus dem Käfig hüpft, die Flügel ausbreitet, ein paar Mal krächzt und davonflattert, als handle es sich um einen Schmetterling, als würden alle Lebewesen mit Flügeln denselben Gesetzmäßigkeiten folgen, als wäre ich, seitdem mir Brüste gewachsen sind und monatlich Blut aus mir fließt, automatisch eine Frau, und Karl dreht den Kopf weg, jetzt möchte er keine Würmer mehr, jetzt sitzt er ruhig auf der Sprosse, die Jonas in den Käfig eingebaut hat, öffnet und schließt abwechselnd die linke und die rechte Kralle, eine Bewegung, die mich einnimmt, wie Esthas Augenaufschlag, sodass ich mich auf den Stuhl neben den Käfig setze und nach Luft schnappe, um mich von dem Gefühl zu erholen, inzwischen ist Jonas verschwunden, ständig tauchen Menschen auf und verschwinden, ich schließe die Käfigtür, Karl verzieht keine Miene, kein Krächzen, kein stumm aufgerissener Schnabel, der Käfig ist sein Zuhause, ganz so, als hätte er ihn selbst gebaut, dann gehe ich die 118 Schritte von Jonas' Wagen zu meinem im Tempo eines Faultiers, das zwischendrin vergisst, dass es die eigenen Beine sind, die es tragen, und stolpere vorbei an zwei Holzwägen, einem Laster und dem Klo der anderen, falle zurück in den Liegestuhl, um für den Skype mit Estha nicht so heruntergekommen auszusehen, damit sie mich nicht wieder eine Woche warten lässt, weil niemand dauernd an die Krankheit erinnert werden möchte, nicht einmal Estha, die mehr aushält als alle, vielleicht hättet ihr im Gulag Freunde werden können, auch wenn du nie über den Gulag in Verbindung mit Freundschaften erzählt hast, *weil es dort keine Solidarität gegeben hat, weil es Solidarität nur gibt, wo man nicht um sein Leben kämpfen muss*, ich verdrehe die Augen und möchte dir widersprechen, aber heute weiß ich, dass es sich nicht lohnt, mit solchem Gezeter Zeit zu verlieren, wie früher, wenn unsere Differenzen durch die Meeresoberfläche schossen, bis ich mich in leeren Drohungen verhedderte wie ein Delfin im Stellnetz, und du, sobald ich schreiend auf und ab sprang, meist nachgabst, außer das eine Mal, als ich mich über die Proteste vor einer Galerie in Warszawa lustig machte, in der eine Statue des polnischen Papstes Karol Józef Wojtyła von einem Kometen getroffen wird, wir saßen gemeinsam vor den Nachrichten auf der Couch und ich prustete nach dem Beitrag los, dass ich nicht glauben könne, dass hier ernsthaft Zensur eingefordert werde, du erhobst dich, die Hände zu Fäusten geballt, im Gesicht dunkelrot, wie ich dich nur wenige Male gesehen habe, und erklärtest mit bebender Stimme, dass sich in deinem Haus niemand, auch nicht deine Tochter, über polnische Kultur lustig machen werde, dass du für dieses Polen zu sterben bereit gewesen seist, dass du dafür in die Hölle geschickt wurdest!, und ich wasche mir die Hände, bevor ich den Laptop aufklappe, weil meine Finger voll sind von Karl, den Würmern und meinen eigenen Bakterien, weil Händewaschen das Um und Auf gegen die Krankheit ist, drücke ich pflichtbewusst mit dem Fuß auf den Schnappschalter der Wasserpumpe, bis der Strahl auf meinen Händen ankommt, seife mich ein und wasche, wie ich es mir von chinesischen YouTube-Videos abgeschaut habe, der aufgeklappte Laptop starrt sauber auf mich zurück, aber der Ekel vor den Viren lässt sich nicht wegspülen, die Vorstellung, dass sie wie Insekten im Gleichschritt durch meinen Körper marschieren, ein Organ nach dem anderen zerfressen, bis nur noch meine Hülle im Liegestuhl sitzt und die Insektenarmee durch meine Bauchdecke stößt, auf der Suche nach weiteren Futterquellen, woher ich solche Bilder nehme, hat Estha gefragt und ich habe daraufhin mit den Schultern gezuckt, es war mir unangenehm, weil ich es selbst nicht weiß, aber ahne, dass es etwas mit dir und der Hölle zu tun hat, in der du warst und aus der du zurückkehrtest, wie Jesus oder Orpheus, und deren kontaminierte Landschaften du mir, als ich klein war, zum Einschlafen ins Ohr geflüstert hast, um mich auf das Leben vorzubereiten, wir deshalb auf allen Fotos denselben Blick ins Leere tragen, du und ich, die auf einem Wagenplatz wohnt, wo nachts Füchse, Marder und Ratten über den Beton huschen und die Eule aus dem Wald nebenan herüberschreit, wo untertags der Lärm aus der großen Halle in den Platz strömt, weil immer jemand eine Kreis- oder Kettensäge, einen Akkuschrauber oder das Schweißgerät benutzt, wo ich im Winter 2012, drei Jahre nach deinem Tod, über zwei Wochen lang den Wecker alle vier Stunden neu stellte, um Bricken gegen die minus zwanzig Grad in den Ofen zu werfen, und die Hündin in meinen Wollpullover gehüllt zusammengerollt auf der Couch schlief, wo an den heißesten Sommertagen der Beton in die Wägen hochdampft und alle mit aufgerissenen Türen und Fenstern halbnackt auf ihren Matratzen liegen, wo Äste wie Dreadlocks ungewaschener Straßenpunks über den Wagendächern hin- und herpendeln, wo linke Utopien geträumt werden, aber die meisten Vierzig-Stunden-Jobs und Bausparverträge haben, wohin ich zog, nachdem ich dich beerdigt hatte, weil ein LKW mit Achsenbruch auf keiner Straße mehr fährt, wo ich jetzt mehrmals am Tag zu sterben fürchte, auch wenn Gerhild behauptet, dass alle innerhalb der ersten drei Wochen an multiplem Organversagen sterben und in meinem Fall inzwischen fast vier Wochen vergangen sind, der Skype-Klingelton bricht ein in das Nachmittagstief, ich nehme an und Esthas dunkelbraune Augen erscheinen auf dem Bildschirm, wie es mir gehe, Süße, wie geht es dir, es geht, antworte ich, so lala, was machst du, kannst du schon spazieren, ich sage, dass ich zwischen dem Schlafen oft lese, ob sie die Anthologie Das reiche Land der armen Leute kenne, sie schüttelt den Kopf, es seien Beiträge zu Galizien, erkläre ich, baue auf ihr Interesse, da wir von Ähnlichem angetan sind, schlage das Buch auf und lese das Gedicht von Paul Celan vor, das gleich nach dem Inhaltsverzeichnis abgedruckt ist und den Titel Auge der Zeit trägt, Dies ist das Auge der Zeit: / es blickt scheel / unter siebenfarbener Braue. / Sein Lid wird von Feuern gewaschen, / seine Träne ist Dampf. // Der blinde Stern fliegt es an / und zerschmilzt an der heißeren Wimper: / es wird warm in der Welt, / und die Toten / knospen und blühen, aber Estha nickt nur, ohne richtig zuzuhören, scrollt nebenbei über den Screen ihres Smartphones, weil sie denkt, dass ich es nicht merke, also schwenke ich um und erzähle vom Krähenbaby und habe sofort ihre ungeteilte Aufmerksamkeit, sofort funkeln die Augen neugierig, immer auf der Suche nach Geschichten, weshalb ich mehr erzähle, behaupte, dass der Käfig morgen zu mir umgestellt wird, und lüge, dass ich von nun an die Hauptverantwortung für den Vogel übernehme, sie sieht mich beeindruckt an, ob ich ein Foto machen könne, ich nicke und würde, wenn ich könnte, alles für sie tun, sie sagt, dass sie gleich noch ein Arbeitszoom habe, auf bald!, und dass ich die Fotos nicht vergessen solle, na klar, antworte ich und winke, ihr Bild verschwindet, ich klappe den Laptop zu und muss doch wieder weinen.

Kurz bevor du starbst, fiel mir eine Haselnuss auf den Kopf, dann rief meine Mutter nach mir und ich lief ins Haus, um deine letzten Atemzüge zu hören, legte ich mich neben dich auf das Bett und schob meinen Arm unter deinen Nacken, so hielt ich dich fest an mich gedrückt, damit du sicher sein konntest, nicht allein zu sterben, damit deine Seele in Frieden zu mir sprechen könnte, wenn ich Jahre später die Vergangenheit aufschlagen und deine Geschichte erzählen würde, *und hier bin ich, voller Zuversicht,* sagst du und ich sage, dass ich dieser Aufgabe ohne dich nicht gewachsen sei, *zusammen,* sagst du, zusammen, stimme ich dir zu, und blinzle in den Wald hinein, in dem ich meinte, dich einige Tage nach deinem Tod gesehen zu haben.

Stunden vergehen wie Tage, in denen Estha sich nicht meldet, mein Zustand sich nicht bessert, aber die Stadt Leipzig mich trotzdem als gesund vermerkt und ich seltener weine, mich stattdessen an Fakten festhalte: Galizien und Lodomerien war das größte Kronland der Habsburgermonarchie, in dem Ukrainer*innen, Pol*innen, Jüd*innen, Rumän*innen, Huzul*innen, Bojk*innen und Zigeuner*innen zusammen gelebt haben, Zigeuner*innen sagt heute niemand mehr, notiere ich am Rand der Buchseite in Das reiche Land der armen Leute, in dessen Einleitung steht, dass im 18. Jahrhundert Russland, Österreich und Preußen sich diplomatisch zu einer räuberischen Unternehmung verabredet hatten, die zur Ersten Teilung Polens führte, der im selben Jahrhundert zwei weitere folgten, worüber ich in meiner Volksschule in Wien nichts gelernt hatte, wohl aber über den polnischen König Sobjeski, der Vindobona von den Türken befreite, weshalb ihm Österreich bis heute dankt, denn Türk*innen sollen nur als Gastarbeiter*innen ins Land kommen, Pol*innen eigentlich auch, außer sie verjagen die Türk*innen, ferner schreiben Pollack und Gauss, dass sich die fromme Herrscherin der Habsburgermonarchie Maria Theresia widerstrebend und voll innerer Gewissensqual an dem ersten Raubzug beteiligte und dafür Ostgalizien mit Lwów und Westgalizien mit Kraków als Zentrum bekam, ich blicke auf und höre dich lachen, *mit unseren Nachbarn hatten wir einfach kein Glück*, ich erwidere, Jüd*innen, Roma, Sinti und

Homosexuelle mit den Pol*innen auch nicht, woraufhin du irritiert schweigst, aber ich möchte verstehen, wie sich dein Leben kurz nach dem Ende des Ersten Weltkriegs angefühlt hat, in Sambor, der kleinen Stadt im Schatten Lwóws, als die Fremdherrschaft der Habsburger noch wie abgestandener Rauch in den Gassen hing, was mit den Jüd*innen war, frage ich mich, und ob das Verhältnis zwischen Pol*innen und Ukrainer*innen sich so feindselig gestaltete, wie es in den Büchern geschrieben steht, ob du mir schon früher davon erzählt hast und ich es über die Jahre vergessen habe, weil dein Tod alles an Erinnerung einnimmt, aber du antwortest nicht, ich lese, dass kein anderer Landstrich Europas von der Kriegsgeschichte des 20. Jahrhunderts schlimmer heimgesucht worden ist als Galizien, dass das Leben der galizischen Jüd*innen ein Elend war, jetzt schüttelst du den Kopf, *wem möchtest du glauben,* fragst du mich, während ich mein Recherchematerial vor dir ausbreite, und ich merke, dass sich im Wald neben dem Wagenplatz ein Gewitter zusammenbraut, in der Ferne donnert es bereits und in die Bäume fahren Blitze wie Leuchtschwerter, Karl, denke ich, und dass Gerhild den Ein-Raummeter-Holzcontainer aus Alugitter zu einem neuen Käfig mit Maschendrahtzaun für ihn umgebaut und darin mehrere Äste befestigt hat, damit er sich ausreichend bewegt, seit heute Früh steht der Käfig vor Gerhilds und direkt neben meinem Wagen, sodass ich Karl jederzeit beobachten kann, wenn er von Ast zu Ast hüpft oder mehrmals hintereinander die Sitzrichtung mit einem Sprung wechselt, als hätte ihm jemand eine Liste mit Turnübungen in die Kralle gedrückt, die er gewissenhaft einstudiert wie ich früher Yogaübungen, bald wird der Himmel schwarz über uns hängen, wie ein Totentuch, heute liegt deine Geburtsstadt Sambor in der Ukraine, in einer fruchtbaren Ebene am Fluss Dniester, der dort aus den Bergen tritt, sie zählte um 1900 17 000 Einwohner*innen und drei Hotels, ein Bezirksgericht, ein Dominikanerkloster, zahlreiche Kirchen und ein polnisches Gymnasium, in das die Beamt*innen und Vertreter*innen der freien Berufe ihre Söhne schickten, Wassertropfen krachen wie Kieselsteine auf das dünne Aludach, weshalb ich mir Ohropax in die Ohren stecke, um nicht unter dem Lärm begraben zu werden, in den kleinstädtisch-bürgerlichen Vierteln waren die Trottoirs asphaltiert oder gepflastert, und ungeachtet der Herkunft oder Religion wurde Polnisch gesprochen, der Regen lässt nach, Windstöße schaukeln den Wagen hin und her, ich knabbere Chips zur Beruhigung, vom bürgerlichen Ringplatz führten Stufen in das Viertel Targowica hinunter, wo in ebenerdigen Häusern, Ställen und Hinterhöfen das arme Volk wohnte, kleine Handwerker, Taglöhner, Hausierer und Krämer, die meisten Jüd*innen, um die Jahrhundertwende sprachen viele von ihnen Polnisch statt Jiddisch und gingen in die Versammlungen der Sozialist*innen, wo an feuchten Stubenwänden Bilder von Marx, Engels, Kautsky und Bebel hingen, dort träumten sie von einer schöneren Welt in

Form kommunistischer Gesellschaften, so wie ich auf dem Wagenplatz vom Anarchismus geträumt habe, dass sich alle um alle kümmern würden, und mich jetzt wundere, wie allein ich hier bin, sobald sich der Sturm legt, krieche ich unter dem Bett hervor, stoße die Wagentür auf, um nach Karl zu sehen, der aufgeplustert im Käfig sitzt, ob er sich wegen der Blitze die Flügel vor die Augen gehalten hat und beim Donner die Ohren zuklappen musste, ob er sich im Daunenkleid vergraben hat wie ich unter dem Bett, ob er sich gewünscht hat, dass jemand ihn unter die Fittiche nimmt, das arme Waisenkind.

Seit einer Stunde entfernt Karl eine Heftklammer nach der anderen aus der Plane, die auf ein paar Holzlatten über seinem Käfigdach befestigt ist, und ich sitze im Liegestuhl, der neben dem Käfig steht, und lese weiter über Galizien, dieses Mal über Drohobycz, eine Stadt südlich von Sambor, in der um die Wende vom 19. zum 20. Jahrhundert Jüd*innen die Mehrheit stellten, interessant finde ich, dass damals die meisten bei der Volkszählung Deutsch – sozusagen stellvertretend für Jiddisch – als Umgangssprache angaben, *was daran findest du interessant,* fragst du und ich zucke mit den Schultern und überlege, ob diese Nähe zur deutschen Sprache und Kultur zu einem weiteren Grund für die Feindseligkeit der polnischen Bevölkerung wurde, mein Smartphone vibriert und Karl springt vom Käfigdach, niemand will die Jüd*innen, und erst als ich das Buch auf den Tisch lege, um das Smartphone in die Hand zu nehmen, bemerke ich meine Müdigkeit, dass sie schon seit den letzten zwei Seiten hinter den Augen liegt, dass meine Kraft seit der Krankheit immer nur für wenige Seiten reicht, ich sehe mich nach Karl um, er hüpft vor meinen Beinen auf dem Beton herum, dann streiche ich über den Screen, schön sei es in Wien, die Sonne scheine, schreibt Estha, woraufhin ich automatisch die Wetter-App öffne und das Wetter in Leipzig überprüfe, während ich in den blauen Himmel hinaufsehe, keine Wolken, eine warme Brise bewegt die Blätter der großen Pappel, auf deren oberstem Ast eine Taube sitzt, dass sie heute ein Kapitel fertig überarbeitet habe, dreißig lange Normseiten, und dass es ihr seit der Pandemie schwerfalle, sich zu konzentrieren, ob es mir diesbezüglich schon besser gehe, ob ich inzwischen wieder schreiben würde, Estha, die große Schriftstellerin, ich lege das Smartphone auf den Tisch und bringe den Liegestuhl in Liegeposition, Karl hüpft zurück in den Käfig, wer das überhaupt sei, diese Estha, fragst du, und dass ich doch über deine und unsere, über die Geschichte der Pol*innen nachdenken und schreiben solle, das ist doch das Problem, antworte ich, mit den Gedanken halb im Schlaf, dass alle ständig nur über ihre eigene Geschichte nachdenken, wenn sich doch eigentlich die eigene Geschichte nur über das Verstehen der Geschichte anderer begreifen lässt, *du solltest polnische Autoren, polnische Historiker lesen*, beharrst du, während ich immer weiter wegdämmere, auf dem Weg in den Tiefschlaf von leeren Landstrichen träume, lehmigen Erdstraßen, Ölfeldern, die ihre Umgebung nicht reich machen, von Männern mit Bauchläden, Frauen in weiten Kleidern, von den Armenvierteln der Städte, in denen keine elektrischen Lampen brennen, der Schmutz auf den Straßen bis über die Knöchel reicht und bei Regen Kloakenbäche hinabströmen, in denen freilaufende Hühner verenden, und von Estha, wie sie mit zwei in Leder gebundenen Büchern im Stadtkern von Sambor auf dem gepflasterten Gehsteig über den Hauptplatz flaniert, sich schließlich unter eine Kastanie setzt und liest, Bruno Schulz, sage ich, im Halbschlaf, und du siehst mich fragend an, ein Pole mosaischen Glaubens, blabbere ich vor mich hin, doch du schüttelst den Kopf, *es sei alles ganz anders gewesen,* behauptest du, warum ich mir nicht unsere Aufnahmen anhöre, warum ich ausgerechnet jetzt, in derart miserabler Verfassung, an deinen Memoiren arbeite, deinen Memoiren?, wiederhole ich gereizt und nunmehr hellwach, stelle den Liegestuhl in seine Sitzposition zurück und blinzle, wer weiß, ob ich die Krankheit überlebe, niemand weiß das, vielleicht ist es die letzte Möglichkeit, mein Versprechen einzulösen, Karl zu helfen, aus dem offenen Käfig höre ich sein Gemurmel, plötzlich verstummt er, ob ich meiner jüdischen Freundin nicht antworten wolle, fragst du, aber ich ignoriere deine Frage und den Ton, steige die Treppe in meinen Wagen hoch, um die Fotokiste zu holen, weil ich mir dich und deine Familie in jungen Jahren ansehen möchte, weil Estha warten kann, weil sie mir ohnehin nur aus Mitleid schreibt.

Ich schlage die Augen auf, nachdem ich erneut, ohne es zu merken, eingeschlafen bin, atme einige Male heftig, aber trotzdem nur flach, und erkenne Henrike, die am anderen Ende des Gartentisches vor meiner geöffneten Fotokiste sitzt, einige Fotos liegen über den Tisch verteilt, was sie da mache, frage ich, sehe im Augenwinkel Gerhild, die mit Karl Fliegen-Üben spielt, indem sie ihn immer wieder auf ihren Unterarm setzt und den Unterarm mit dem Vogel rhythmisch rauf- und runterbewegt, die Flügel gehen durch den Luftstoß auf und zu wie Fächer, Jonas hat uns diese Übung gezeigt und aufgetragen, sie mehrmals am Tag mit Karl zu machen, dein Vater sieht ganz anders aus als du, stellt Henrike fest und kramt mit den muskulösen Fingern einer Handwerkerin in der Fotokiste herum, als wäre sie Allgemeingut, die kleine Henrike mit den großen Händen, die Menschen aus dem Mittelmeer fischt, Karl sollte längst fliegen, ruft Gerhild zu uns herüber, aber Karl will nicht mehr, wahrscheinlich ist ihm Gerhild zu schroff, denn obwohl er schon zum dritten Mal hinunterhüpft, ohne die Flügel auszubreiten, somit hart mit dem Schnabel auf dem Beton aufschlägt, versucht sie es immer wieder, wendet sich aber irgendwann doch von dem Vogel ab und ihrem Gemüsebeet zu, dass sie ein Kind großgezogen hat, ist mir unbegreiflich, Karl kehrt leise krächzend und gedemütigt in seinen Käfig zurück, findest du nicht, fragt Henrike, keine Ahnung, antworte ich, manchmal gleicht sich der Ausdruck in unseren Augen, Henrike legt weitere Fotos auf den Tisch, breitet alles vor sich aus, überprüft meine Behauptung, nickt und deutet dann auf das Buch Bloodlands von Timothy Snyder, ob ich ihr erzählen könne, wie das alles begonnen habe, weil sie sich kaum noch an ihre Schulzeit erinnere und seitdem nicht mehr viel darüber gelesen habe, überhaupt lese sie ja nicht viel, gibt sie zu, bei mir sei es genauso gewesen, antworte ich, dass ich mich erst bei den Recherchen für die Gespräche mit meinem Vater wieder mit dieser Zeit auseinandergesetzt und sich mir der Verlauf des Zweiten Weltkriegs aus der Perspektive des Ostens und der sogenannten Bloodlands ganz anders erschlossen hätte, wie verzweifelt die Bevölkerung in Polen gewesen sein muss, überlege ich laut, da es einerseits die Wehrmacht unter Hitler gegeben hat, die einmarschiert ist, um Pol*innen zu versklaven und Jüd*innen zu vernichten, auf der anderen Seite Stalin die eigenen Leute hinrichten oder in Gulags deportieren ließ, die größte Widerstandsbewegung Polens, die Armia Krajowa, musste an zwei Fronten kämpfen, Henrike sieht mich fragend an und ich merke, dass ich außer Stande bin, die Fakten in einen chronologischen Zusammenhang zu bringen, also greife ich verlegen nach Bloodlands, blättere darin und lese Henrike vor: »Die Ursprünge des NS- und des Sowjet-Regimes und ihres Zusammentreffens in den Bloodlands liegen im Ersten Weltkrieg. An die Stelle des dynastischen Prinzips der Fürstenherrschaft setzte er die zerbrechliche Idee der Volkssouveränität. Sie zeigte, dass Millionen von Menschen dem Befehl gehorchen würden, zu kämpfen und zu sterben – für abstrakte und ferne Ziele und im Namen von Heimatländern, die bereits im Verschwinden begriffen waren oder neu entstanden. Neue Staaten wurden fast aus dem Nichts geschaffen und große Gruppen von Zivilisten durch einfache Techniken vertrieben oder vernichtet«, soll ich weiterlesen, frage ich und Henrike nickt, obwohl ich ihr ansehe, dass sie nichts von dem, was ich vorgelesen habe, sinnvoll einordnen kann, trotzdem lese ich weiter, dass der polnische Sieg über die Rote Armee bei Warschau 1920 die Möglichkeit einer sozialistischen Revolution in Europa beendet hatte, ich lese über den Holodomor, und wie diese Form der Vernichtung durch Hunger von der Welt im Angesicht der aufstrebenden Nationalsozialisten in Deutschland übergangen wurde, dass Stalin ein System von Konzentrationslagern, den Gulags, über ganz Russland verstreute wie Puderzucker über einen Gugelhupf und nach und nach sowohl Gegner, Befürworter als auch gewöhnliche Bauern, Kulaken, dorthin deportierte, wo sie in großen Zahlen an Hunger oder Kälte oder an einer Seuche starben, wenn sie nicht vorher doch noch erschossen wurden, dann lege ich Bloodlands auf den Tisch und schlage Sag nie, du gehst den letzten Weg von Ingrid Strobl auf, in dem sie den Fokus auf den jüdischen Widerstand in den Ghettos und Konzentrationslagern legt, lese einige Stellen darüber vor, wie schwer es für Jüd*innen war, sich zu organisieren, an Waffen zu kommen, wie zersplittert der ganze Widerstand gewesen ist, weil die Rote Armee zwar als Befreiung von den Deutschen galt, aber für den polnischen Widerstand eine feindliche Übernahme bedeutete, ich merke selbst, dass meine Stimme immer lauter wird, weil es mir zunehmend schwerer fällt, mir die Luft beim Vorlesen einzuteilen, aber erst als Henrike ihre Hand auf meine legt, höre ich auf und sehe erschöpft vor mich ins Leere, ob ich mit Estha über all das spreche, fragt sie, ich erinnere mich an frühere Gespräche mit Estha, an die Leichtigkeit, die mit der Krankheit und ihrer Ausbreitung abgenommen hat, als könnte ich sie durch den Bildschirm anstecken oder zumindest mein Elend über sie stülpen, nein, antworte ich, mit Estha sei das ein schwieriges Thema, Henrike sieht mich fragend an, warum sie mir überhaupt weiter schreibt oder mich anruft, wahrscheinlich rieche ich noch ausreichend nach Hoffnung, sage ich, daraufhin beginnt Henrike zu lachen und hört nicht mehr auf, und irgendwann lache ich mit, dann können wir beide nicht mehr aufhören, immer wieder fängt eine an loszulachen, und als wir uns schließlich beruhigen, fragt Henrike, was eigentlich mit Bloodlands gemeint sei.

Stalin ist tot und Millionen haben bei seiner Beerdigung geweint. Mit diesem Gedanken wache ich nach Luft schnappend auf und es dauert, bis ich mich mit Hilfe von Atemübungen beruhige, immer wieder kehre ich zwanghaft zu der Vorstellung von Millionen Menschen zurück, die weinen, Straßenzüge voller Tränen für einen Psychopathen, einen Massenmörder, einen Sadisten, ich kann mich aus der Fassungslosigkeit nicht befreien, die Bilder hungernder ukrainischer Bauern nicht loslassen, die im Elend ihre toten Kinder essen, der Holodomor, über den ich nie etwas in der Schule gelernt habe, und du hast auch nicht davon erzählt, wie jemand weiterlebt, nachdem er oder sie das tote Kind gegessen hat, lebt man danach noch weiter oder wird man verrückt, warum kümmert es niemanden und warum nimmt der Druck auf meinem Brustkorb nicht ab, warum möchte mich kein*e Ärzt*in untersuchen, warum werde ich stetig dünner und spüre mich schlecht, warum laufen meine Mitbewohner*innen an mir vorbei, warum habe ich keine Kraft, schneller als im Faultiertempo über den Beton zu streifen, warum meldet sich Estha nicht öfter, sie weiß doch, wie sehr ich sie brauche, *bist du verliebt*, fragst du und ich fahre herum, suche dich auf der Couch, wie ich Jahre nach ihrem Tod Sue dort gesucht habe, wo sie immer geduldig gelegen und auf die nächste Pause gewartet hat, schließlich die Leine vor meine Füße fallen ließ, weder du noch Sue sitzen auf der Couch, also öffne ich die Wagentür, ohne deine Frage zu beantworten, und sehe Karl, der noch immer im Käfig sitzt, obwohl die Tür offen steht, was ist los mit ihm und wo sind die anderen, alles ist nass vom Gewitter der Nacht, ich wische die Tränen aus den Augen und stelle Kaffee auf, hoffe, dass mich das Kaffeetrinken beruhigt, dass ich mich so weit fasse, um zu Karl zu gehen und ihn aus dem Käfig zu locken, damit er ein wenig über den Beton hüpft, damit er in keine Depression verfällt, wie du, als du in Sibirien während der Arbeit bei minus fünfzig Grad auf einmal stehen geblieben bist, weil du dachtest, das sei jetzt genug, weil Karl schließlich nicht als Waise vorgesehen war, weil ihm kalt sein muss, ganz allein in dem großen Käfig, vor dem die graue Katze bedrohlich auf und ab schleicht, also nehme ich mich zusammen, für Karl, und hole ein paar Hühnerherzen aus dem Gemeinschaftskühlschrank, schneide sie in kleine Häppchen, bereite sie auf meinem Lieblingsteller mit den roten Drachen appetitlich auf und schleiche damit zum Käfig, in dem Karl ganz apathisch auf der mittleren Sprosse sitzt und kraftlos den Schnabel öffnet, mein Herzmuskel zieht sich zusammen, die Zeitungen am Käfigboden sind voller Kot, das Wasserschälchen hat er umgeschmissen, Gerhild hatte zwar am Käfigbau ihren Spaß, aber ihn sauber zu halten, lehnt sie ab, Karl sei schließlich kein Haustier und müsse demnächst auf sich allein gestellt werden, bei dieser Wildzähmung mache sie nicht mit, erklärt sie hochmütig, Vorreiterin der Animal Liberation Front, dass er nicht fliegen könne, wende ich ein, wie er sich, auf sich allein gestellt, gegen die graue Katze verteidigen soll, aber da hat sie sich schon umgedreht und ist unterwegs, um das Unkraut zu jäten, und ich möchte sie in den Schwitzkasten nehmen und in ihr nach Luft japsendes Gesicht dozieren: Survival of the fittest!, nur würde das in meiner momentanen Verfassung wohl meinen Kopf im Schwitzkasten bedeuten, ihren Teenager müsste ich auch im Auge behalten, weshalb es besser ist, auf Zeit und Gerhild zu setzen, in wenigen Tagen wird sie ohnehin das Interesse verloren haben, ihren Nachwuchs zusammenpacken, und sobald es wieder möglich ist, ohne dass die anderen die Nasen rümpfen, wird sie die Erste sein, die auf Urlaub fährt, weil alle nur darauf warten, auf Urlaub zu fahren, Karl, Katze, hin oder her, als wären sie Jahre nicht auf Urlaub gewesen, nur ich werde bleiben und Karl beschützen, werde die Tage über ihn wachen wie Gollum über seinen Schatz, werde die graue Katze verjagen, wenn sie unter den Wägen auf eine Gelegenheit wartet, sich anpirscht, um Karl den Nacken durchzubeißen, ich werde Hühnerherzen in seinen Schlund stopfen, bis er zum stärksten Vogel wird, werde die ersten Flugversuche erleben, nun, da ich gegoogelt habe und weiß, dass es noch etliche Wochen dauern kann, weil eine Krähe kein Schmetterling ist, der einfach losfliegt, aber irgendwann wird Karl aufsteigen, wie der Heilige Geist, und dann werde ich von seinem Licht erfasst endlich Frieden finden.

Nach deinem Tod irrte ich umher wie ein verrückt gewordenes Einhorn, dem man das Horn abgesägt hat, ohne zu begreifen, was es war, das mir fehlte, weil man das fehlende Horn auf der eigenen Stirn nicht sieht, weil es dafür einen Spiegel braucht, aber die Spiegel waren mit Tüchern verhangen, also bewegte ich mich wie zuvor und begriff nur langsam, dass ich meine Magie verloren hatte, dass sie mir durch deinen Tod entrissen worden und ich nur noch ein Pferd war, dass es nie wieder jemanden geben würde, den ich auf der Strecke von Wien nach Warszawa auf dem letzten Drittel anrufen können würde, um nachzufragen, wo ich abbiegen müsste, um den Stau auf der Hauptstrecke zu umfahren, dass mich niemand mehr nach einer durchzechten Nacht in der Innenstadt abholen und, wenn ich ihm vor die Füße kotze, freundlich fragen würde, ob ich etwas Schlechtes gegessen habe.

Es hat 33 Grad und Karl sitzt auf der Stahlgittertreppe hinter Henrikes Wagen, mit mir auf Schulterhöhe, aber nicht hoch genug gegen die Katze, weshalb ich ihn mit Hühnerherzen zu bestechen versuche, damit er auf meinen Zeigefinger steigt und wir gemeinsam umziehen und den Tag im Schatten der Mauer neben meinem Wagen verbringen, wo ich ein wachsames Auge auf ihn habe, nur verweigert Karl wiederholt das Transportangebot, dreht den Kopf weg, sodass mir nichts anderes übrig bleibt, als mit Hühnerherzen und Wasser immerfort zu ihm zu laufen, wenigstens scheint die Katze bei der Hitze jagdfaul zu sein, wahrscheinlich schlummert sie in einer schattigen Ecke des Waldes, wo der Boden kühl ist, träumt davon, gegen Karls Käfig zu treten, bis er an einem Herzinfarkt stirbt und ich ihn mit den Beinchen gen Himmel gestreckt vorfinde, mein schwarzes Engelchen, meinen Schatz, das arme Waisenkind, wobei ich nach einigen Stunden des Hin- und Hergerennes erkenne, dass Karl nicht zufällig auf der Stahlgittertreppe sitzt, dass die Pfoten der Killerkatze in den scharfen Quadraten des Stahlgitters steckenbleiben würden, weshalb Karl sich zu Recht diesen Platz ausgesucht hat, trotz des üppigen Angebots an Holzschuppen und Treppen, Metallspinten, Stühlen oder Gerhilds Gemüsebeeten, und so erschließt sich mir langsam, dass Verhaltensweisen, mit denen mich meine Hündin Sue beeindrucken konnte, am unteren Ende von Karls Repertoire liegen, dass ich es mit einem wahren Wunder zu tun habe, und im Augenblick dieser Erkenntnis, in dem ich mich liebevoll Karl zuwende, höre ich ein erwachsenes Gekrächze im Rücken, drehe mich zur Zwischenmauer, die den vorderen Platz vom hinteren trennt, und sehe dort drei Rabenkrähen sitzen, die mich und Karl beobachten und ihm etwas zuschreien, es müssen klare Worte sein, denn Karl setzt sich zielstrebig in Bewegung, hüpft die Stahlgittertreppe hinunter, vorbei an mir und Henrikes Wagen, unruhig trotte ich hinterher, was haben die erwachsenen Krähen mit meinem schwarzen Engelchen vor, ob sie annehmen, dass er zu ihnen hochfliegt, wenn ich ihnen erklären könnte, dass er bisher nur Sturzflüge von der Lehne meines Liegestuhls oder von Gerhilds Schulter zustande gebracht hat, ich rufe zu ihnen hoch, dass Karl noch nicht fliegen kann, auch auf Karl rede ich ein, aber mein schwarzes Engelchen lässt sich nicht beirren, hüpft entschlossen weiter und ich sehe die Stoßrichtung, das große Stahltor am Eingang zu meiner Welt, hinter dem die Straße liegt, zwar eine Dreißigerzone, aber trotzdem, was denken sich die drei Erwachsenen bloß, ob sie Karl in den Tod treiben wollen, mit einem Mal weiß ich, mit der gleichen Sicherheit, mit der sich mein kleiner Prinz auf die Stahlgittertreppe gesetzt hat, dass mein Leben, wie lange es auch dauern wird, nur noch diesen Sinn hat, auf ihn aufzupassen, ihn zu ernähren und zu beschützen, bis er fliegen lernt und sich selbst in den Kronen der Bäume in Sicherheit bringen kann, von dieser Erkenntnis durchdrungen, vereitle ich mit einer einzigen Bewegung den Plan der erwachsenen Krähen, schnappe mir Karl mit beiden Händen, zum ersten Mal bemerke ich, wie papierdünn und leicht der Vogelkörper ist und wie er strampelt, sich von mir befreien möchte, zum ersten Mal ahne ich, was es bedeuten könnte, ein Vogel zu sein, all die Jahre, in denen Amseln, Spatzen oder Tauben vor meinen Füßen nervös herumflatterten, habe ich nie einen Gedanken daran verschwendet, die erwachsenen Krähen schreien mich wütend an, weil sie ein Recht auf Karl zu haben meinen, was ich mir einbilde, mich über ihre Krähenautorität zu stellen, auch Karl schreit und pickt mit dem Schnabel auf meine Finger ein, aber ich habe eine Entscheidung getroffen, angesichts aller Gefahren, denen sein Körper ausgesetzt ist, bin ich sein bester Schutz, bin ich das Tier, das aufrecht geht, das im Zweifel der Killerkatze einen Tritt versetzt, das Futter aus dem Supermarkt besorgt oder besorgen lässt, nachts Marder, Fuchs oder Ratte mit einem Besen in die Flucht schlägt, ich bin Karls beste Chance, auch wenn Karl, der weiter wütend auf meine Finger einpickt, das nicht versteht, trotz meines miserablen gesundheitlichen Zustands bin ich in der Lage, meinen schwarzen Engel zu retten, auch wenn ich dich nicht retten konnte, als du im Sommer 2009 am Bahnhof in Wien ankamst und strahlend verkündetest, dass wir gemeinsam deinen metastasierten Lungenkrebs besiegen würden, auch wenn die Ärzt*innen in Polen beschlossen hatten, dich nur noch palliativ zu behandeln, aber du davon nichts wissen wolltest, weil du am Leben hingst wie ein Blutegel, weil du an keinen Gott glaubtest, der dich in Empfang nehmen würde, weil wir uns diesbezüglich einig waren, und ich schlug wider besseres Wissen in deine Wette ein, fuhr dich von einem Spezialisten zum nächsten, bis eine kleine Verletzung, die du dir bei einem Sturz in der Nacht auf dem Weg zum Klo zugezogen hattest, den Rotlauf auslöste, und ich dich ins Krankenhaus bringen musste, also lasse ich Karl in den Käfig flattern und schließe das Türchen, er sieht mich entrüstet an, die drei Krähen sind weggeflogen, für einen Augenblick dachte ich, dass sie angreifen würden, in meiner Hosentasche vibriert das Smartphone, es ist Estha, die ich wegwische, und betrachte dabei meine von Karls Gepicke zerkratzte Hand.

Als ich vor einem halben Jahr das letzte Mal in deinem Haus in Wien war, habe ich unsere Handschriften verglichen und verwundert festgestellt, dass sie einander aufs Äußerste ähneln, bis auf meine Unterschrift, die der meiner Mutter gleicht, weil ich diese während der Schulzeit ständig fälschen musste, und nach deinem Tod wieder, weil sie mit einem gebrochenen Rückgrat in Warszawa festsaß und geschont werden sollte, bis Schonung ihr Normalzustand wurde und sie in Warszawa blieb, während in Wien ein leeres Reihenhaus stand, der zurückgelassene Schildkrötenpanzer eurer Diaspora, dessen Daueraufträge für Betriebskosten und Strom bezahlt und Fenster geputzt werden wollten, dessen Garten regelmäßig ein Minimum an Pflege einforderte, es stand und steht bis heute, und wartet verwaist wie deine Frau darauf, dass ich mich kümmere, stattdessen vegetiere ich in Leipzig vor mich hin und stimme beim Telefonieren mit meiner Mutter einen fröhlichen Ton an, erzähle nichts von der Krankheit, rede über die vielen Waldspaziergänge, dass alles nicht schlimm sei und die Pandemie ohnehin bald vorbei, dass sie sich um mich keine Sorgen machen brauche, dass sie auf sich achten solle, damit sich die Krankheit nicht bei ihr einniste, wie einst die Habsburger in Polen.

Estha sitzt in Wien und wartet, wie alle warten, wie die Erde auf den Regen, und korrigiert an ihrem neunten Roman herum, der ebenso genial sein wird wie die anderen acht, alles, was sie schreibt, durchflutet mich, ich möchte sein wie sie, möchte, dass sie immer an mich denkt, auch wenn sie behauptet, das oft zu tun, so weiß ich doch, dass nicht ich ihr Zentrum bin, weshalb ich stets bestrebt bin, bei Estha auf neuen Pfaden dorthin vorzustoßen, ich bin eine Fährtenlegerin, überall platziere ich kurze Mitteilungen und Selfies, um nicht in Vergessenheit zu geraten und im Notfall gefunden zu werden, *also bist du doch verliebt,* diesmal drehe ich mich nicht zur Couch, diesmal ist mein Blick nach innen gerichtet, das spielt keine Rolle, antworte ich, und wo warst du überhaupt die letzten Tage, aber schon während der Frage spüre ich wieder deine Abwesenheit, ich klappe den Laptop auf, öffne Skype, sehe, dass Estha online, ist und klicke sie an, wie geht es Karl, fragt sie, die dunklen Locken fallen ungelenk über den Kopf in meinen Bildschirm, weil Friseure geschlossen haben und Estha keine Geduld hat, sich deshalb die Haare selbst schneidet, was bei Locken leicht schiefgeht, gut, antworte ich, und dass er etwas lethargisch wirkt, aber das wird wieder, fragt sie, wahrscheinlich, antworte ich, jedenfalls wächst Karl tapfer weiter, Estha nickt zufrieden, als würde sie von uns nichts weniger erwarten, und dein Text, mein Text nicht, antworte ich und lache, weil es noch so viel zu recherchieren gibt, schiebe ich vor und halte zum Beweis Kaiser von Amerika, Die große Flucht aus Galizien hoch, und noch einige andere Bücher, nur unsere Aufnahmen, die ich mir noch immer nicht angehört habe, lasse ich unerwähnt, weil ich ja gerade nicht hinfahren kann, argumentiere ich stattdessen, und wer weiß, wann das wieder möglich sein wird, bald, meint Estha, und meint damit, dass auch wir uns bald wiedersehen, aber bis dahin schreibst du was, sagt sie, hm, mache ich, Estha mein Coach, ich drehe meinen Kopf hinüber zu Karl, der sich in der kleinen Wasserlacke wäscht, die ich für ihn aufgefüllt habe, während die Morgensonne über dem Beton hing, alle um mich herum in ihren Wägen den Schlaf der Sorglosen schliefen, Karl tunkt das Gefieder in die Pfütze, sieht zwischendrin zu mir herüber, dann schüttelt er sich und das Wasser spritzt in Zeitlupe über den Platz, als wäre mein kleiner Prinz der Star in einer Duschgel-Werbung, *es gibt in einer Krankheit kein Außen*, höre ich dich sagen und kneife die Augen zu, ob ich Karl gerade sehen kann, fragt Estha, ich nicke, Estha schlürft den Kaffee aus einer winzigen Espresso-Tasse, ein Sammlerstück, alles, das sie umgibt, ist besonders, kommst du mit deinem Manuskript voran, frage ich zurück, sie nickt, ohne weiter darauf einzugehen, erst, wenn das Lektorat fertig und die Korrekturen durch sind, darf ich lesen, obwohl sie von mir immer gleich alles haben möchte, Süße, gibt es etwas Gutes, das ich dir tun kann, fragt sie und natürlich könnte sie das, die Grenzen sind offen, sie könnte in ihr Auto steigen und herfahren, sie könnte Frau und Hund für ein paar Tage in Wien zurücklassen und mich und mein schwarzes Engelchen besuchen, sie könnte mich in den Arm nehmen und mir versichern, dass eines Tages wieder alles so sein wird wie früher, dass meine Lunge sich erholen wird und auch mein Herz, dass Kraft zurückkehrt, und während ich das überlege, merke ich, wie mir die Puste ausgeht, wie ich plötzlich unendlich müde werde, die Morgenstunden gehören der Traurigkeit, wie eine Taube flattert sie durch den Brustkorb, Karl sitzt bereits auf meinem Knie und lugt zum Bildschirm, ich muss jetzt eine Runde schlafen, sage ich, ruh dich aus, sagt Estha, und schon ist sie weg, gerade rechtzeitig, damit ich den Laptop zuklappen kann, bevor Karl auf den Bildschirm einpickt, er mag Konkurrenz nicht leiden, er hält das Absacken meiner Aufmerksamkeit nicht aus, nur wenn ich schlafe, lässt er mich, *es ist jetzt genug*, hast du am Bahnhof in Warszawa gesagt, erinnerst du dich, als ich mit meiner Punk-Reisegruppe nach Indien gefahren bin, *du brauchst mir nichts mehr zu beweisen*, hast du damals gesagt und mich mit Blicken angefleht zu bleiben, aber ich bin ohne zu zögern zu meinen Freund*innen ins Abteil gestiegen, du bist mein Ganzkörper-Schutzanzug, wenn Gefahr droht, streife ich mir dich über und vertraue, dass Überleben möglich ist, dann nehme ich deine Haltungen ein und setze den Gesichtsausdruck auf, vor dem andere Kinder davonliefen, und ich verstand nie, warum etwas an dir auf irgendjemanden bedrohlich wirken konnte, durch den Vormittagsschlaf hindurch spüre ich, dass mein kleiner Prinz auf meiner Schulter sitzt und sanft an meinen Haaren zieht, sie sind lang und fettig und zu einem Pferdeschwanz zusammengebunden, weil ich nicht oft duschen gehe, weil ich das Misstrauen wahrnehme, ob ich wohl noch ansteckend bin, deshalb nur mit einem Waschlappen in meinem Wagen den schlimmsten Dreck beseitige, ohnehin ist Karl das Fett in meinen Haaren egal und näher kommt mir sonst niemand, wahrscheinlich mag er den Geruch meiner gesammelten Ausdünstungen ebenso wie ich seinen Daunengeruch, ich habe dich nie gefragt, wie du dich im Gulag gewaschen hast, auf Fotos im Bildband von Tomasz Kizny sind die meisten Männer rasiert, möchtest du mitessen, höre ich Henrike, noch bevor ich sie sehe, Karl springt von meiner Schulter und bringt sich auf der Treppe zu meinem Wagen in Sicherheit, seit wir uns die meiste Zeit zu zweit durch die Tage schieben, ist er anderen gegenüber scheu geworden, was mir nur recht ist, warum sollte ich meinen Prinzen teilen, warum sollten die anderen mit ihren gesunden, intakten, urlaubsfähigen Körpern etwas von meinem Schatz abbekommen, wie Tanja, die draußen ums Eck wohnt und mich manchmal besucht, um von ihrem Freizeitstress zu berichten, weil die Boulderhallen geschlossen sind, muss sie doppelt so viel joggen und dann noch spazieren, sehr stressig sei das, erzählt sie, während ich einen Fuß vor den anderen setze, soll ich dir was herbringen und wir essen gemeinsam, wiederholt Henrike und sieht mich prüfend an, gerne, antworte ich, sehr gerne, nur Henrike sagt nie etwas, wofür ich sie schlagen möchte, was daran liegen könnte, dass sie keine Deutsche ist, sie macht den Teller für mich voll mit Kartoffeln und einer Gemüsesauce, an ihrem Blick erkenne ich, dass ich mich körperlich verändert habe, dass ich dünn geworden bin, dass die Haut über den Knochen spannt, nach nur so kurzer Zeit, knapp einem Monat, gleiche ich einem Wüstenwolf, wie geht es der Lunge, fragt Henrike, ich lächle, denn es verändert sich nichts, alles bleibt, der Platz, ich, Karl, der Laptop, von dem aus ich Estha sehen kann, der Sauerstoff, der sich mühsam in die Lunge drängt und doch nie ganz ankommt, ein nicht enden wollendes Schnappen nach Luft, mal besser, mal schlechter, aber immer präsent, Henrikes Essen schmeckt mir und ich bin froh, immerhin nicht den Geschmackssinn eingebüßt zu haben, gehst du irgendwann zum Lungenarzt, fragt Henrike, dafür brauche ich einen negativen Test, antworte ich, und wo bekommst du den, fragt sie, bei der Hausärztin, antworte ich und unterschlage die Problematik, die Hausärztin überhaupt zu erreichen, denn zu Fuß schaffe ich es nicht, hinfahren möchte mich sicherlich niemand und ein Taxi zu nehmen, wäre auch irgendwie fies, und ich erinnere mich, wie ich Sandra Anfang April ohne zu zögern zur Teststation gefahren habe, mit offenen Fenstern und Schal um Nase und Mund, dass es mir nie in den Sinn gekommen wäre, es nicht zu tun, nur aus Angst, mich anzustecken, und bevor mein Teller leer ist, kippt Henrike mir eine weitere Portion darauf, Karl krächzt erzürnt von der Treppe zu uns herüber, also erhebe ich mich und laufe zum Küchenwagen, wo sich der Gemeinschaftskühlschrank befindet, damit nicht jede*r einen Kühlschrank bei sich im Wagen stehen hat und unsere biologischen Fußabdrücke sauber bleiben, aber meine Beine lassen sich heute zäher als sonst über den Beton schleifen, irgendetwas stimmt nicht, ich hole die Hühnerherzen aus dem Gefrierfach, breche fünf Stück aus der Packung und halte sie unter den Wasserstrahl, vergesse für einen Moment, dass die Pumpe im Küchenwagen keine Schnappschaltung besitzt, weshalb viel zu viel Wasser rausfließt, panisch trete ich gegen den Schalter, aber der Schaden ist schon angerichtet und der Kanister fast leer, ich wende mich wieder Karls Mittagessen zu und schneide die Herzen in kleine Häppchen, dann überkommt mich die Erinnerung an das Schnitzel, das ich versucht habe, dir zu braten, als du schon mit einem Fuß im Grab gestanden hast, ein Bio-Rinder-Schnitzel, extra gesund und extrem teuer, ich stand damit in der Küche, starrte eine Weile auf den Fleischfetzen und rief schließlich eine Freundin an, um herauszufinden, wie ich damit kulinarisch umzugehen hatte, der Fetzen sollte zuerst geschlagen und hernach paniert werden, ich machte alles genau nach ihrer Anleitung, trotzdem wurde daraus ein harter Klumpen, von dem du keinen

Bissen runterbekamst, zu einem Zeitpunkt, als du noch Appetit hattest, und bevor du aufgrund des hochdosierten Cortisons nur Süßigkeiten essen wolltest, ich hätte dich schon einen Tag früher ins Krankenhaus bringen sollen, ich hätte den Rotlauf einen Tag früher erkennen können, anstatt Desinfektionsspray auf deine Wunde zu sprühen, als wärst du ein kleiner Junge, der beim Ballspielen hingefallen war, und kein alter Mann mit Lungenkrebs im Endstadium, ich hätte mir Hilfe holen sollen, anstatt zu versuchen, dir Köchin, Krankenpflegerin, Chauffeurin, Beraterin und Tochter zugleich zu sein, inzwischen braucht Karl keine Hilfe mehr mit den Hühnerherzen, trotzdem reißt er ständig den Schnabel auf, als wäre er noch ein Küken, und ich stopfe mit meinen Fingern die Herzen in den Schlund und beide genießen wir das Festhalten der Zeit, die Verweigerung des Wachsens, wenn wir schon sonst keinen Profit aus unserer Lage schlagen können, Henrike beobachtet uns, ihr Blick ruht zwischen meinen Schulterblättern, wandert meine Wirbelsäule hinab über meinen Po hin zu den Kniekehlen, die Waden runter zu den Füßen, die in neuen dunkelblauen Clogs stecken, seit ich das Internet für die Einkäufe des täglichen Bedarfs entdeckt habe, kleide ich mich wie ein Gentleman, Karl ist satt, pickt trotzdem die letzten zwei Stücke auf und verstaut sie im Kropf, glaubt, dass ich es nicht merke, wenn er sie kurz darauf unter meinem Wagen versteckt, wo sich dann Wespen zu tummeln beginnen, nein! Karl! nein!, rufe ich und schleppe mich hinterher, Henrike lacht, ich will keine Wespenzucht unter meinem Wagen!, die bloße Vorstellung, jetzt auch noch von einer Wespe gestochen zu werden, doch Karl ist unbeirrt, wenn nicht der Wagen, dann der kleine Erdhaufen, ich renne hinter ihm her, mein Schatz ist schneller, kleiner, wendiger und sieht besser aus als ich, sodass ich bald aufgebe und zu Henrike an den Gartentisch zurückkehre, sie lacht immer noch, stapelt die Teller aufeinander und in die Pfanne, ich kann abwaschen, biete ich an, mit einer eleganten Handgeste wischt sie mein Angebot vom Tisch und verabschiedet sich für den Nachmittag, denn sie wolle noch zu ihrem Freund, der am anderen Ende der Stadt wohnt, ob sie zum Schlafen zurückkomme, frage ich, darauf bedacht, die Panik in meiner Stimme zu verbergen, sie nickt und geht und Karl sieht zu mir hoch, damit ich vom Liegestuhl wegrücke und er auf meinem Knie Platz nehmen kann, damit ich ihn zwischen den Schulterblättern kraule, weil wir beide ohne Berührungen nicht leben möchten. 1933 starben Millionen Ukrainer*innen im Holodomor, der größten menschengemachten Hungersnot der Geschichte, das war der Beginn der besonderen Geschichte der Ukraine, aber nicht das Ende, weil Hitler sie 1941 von Stalin eroberte und seine koloniale Vision durchzusetzen versuchte, indem er Jüd*innen erschießen und sowjetische Kriegsgefangene verhungern ließ, die Stalinisten kolonisierten das eigene Land, die Nazis kolonisierten die besetzte sowjetische Ukraine, während Stalin und Hitler gleichzeitig an der Macht waren, starben mehr Menschen in der Ukraine als irgendwo sonst in den Bloodlands oder in Europa oder auf der Welt, Karl schnurrt mit hochgezogenen Lidern, er mag es, wenn ich ihm Sachen erzähle oder laut vorlese: an einem Frühlingsmorgen saugte ein Säugling an der Brust seiner Mutter, deren Gesicht das Grau des Todes zeigte, die Passanten kannten diesen Anblick, nicht bloß die verstreuten Leichen oder die tote Mutter mit dem lebenden Säugling, sondern genau dieses Bild: der kleine Mund, die letzten Tropfen Milch, die tote Brust, es gab einen Ausdruck dafür, im Vorbeigehen sagten sie: das sind die Knospen des sozialistischen Frühlings, und plötzlich höre ich deine Stimme aus einem unserer aufgenommenen Gespräche, *der Anschluss Österreichs geschah ja mit Einverständnis des Völkerbunds,* Karl öffnet leicht den Schnabel, während meine Lider in den Nachmittagsschlaf fallen, er für uns beide die Betonplatte überwacht, und beim nächsten Augenaufschlag dämmert es schon, erst höre ich die Stimmen der anderen, es sind viele und sie lachen, nur ich lache nicht, weil ich kaum Luft bekomme, ich bekomme kaum Luft, Karl sitzt nicht mehr auf meiner Schulter, aber Henrike steht mit einem Mal neben mir, sieht mich misstrauisch an, was denn los sei, es atmet sich wieder so schwer, stottere ich heraus, lass uns eine Runde über den Platz gehen, schlägt sie vor und ich willige ein, wir laufen in meinem Tempo vorbei an Karls Käfig, in dem er friedlich Nachtruhe hält, vorbei an

Gerhilds Wagen, in dem Licht brennt, und ich denke an dich, an den Wahlpakt, den wir geschlossen hatten, als ich 18 wurde, dass du für mich in Österreich und ich für dich in Polen wählen sollte, und du hast dich daran gehalten und die Grünen gewählt, warum ich ausgerechnet die Grünen wollte, aber ich habe in Polen die Sozialisten gewählt, also die ehemaligen Kommunisten, also jene, die dich in den Gulag deportieren ließen, und du hast mich nicht einmal angeschrien, als ich es dir grinsend erzählt habe, *du warst doch noch ein Kind*, meintest du später, es wird nicht besser, erkläre ich Henrike, was soll ich tun, fragt sie, ich weiß es ja selbst nicht, andere stellen sich dazu, es werden Möglichkeiten abgewogen, schließlich ruft jemand den Notarzt und Henrike schlurft mit mir zum Eingangstor, was so lange dauert, dass bereits ein Rettungswagen vor dem Tor steht, als wir ankommen, aber ich möchte nicht ins Krankenhaus, sage ich kurzatmig, nicht ins Krankenhaus, Henrike nickt, fragt die Sanis, wo der Notarzt sei, den sie eigentlich bestellt habe, die Sanitäter zucken mit den Schultern, sie sind jung und entspannt, schließlich parkt das Auto des Notarztes in zehn Metern Sicherheitsabstand zu mir, ein Mann, wenig älter als ich, steigt aus, kommt nicht näher, was das Problem sei, ruft er und Henrike ruft zurück, dass ich zu wenig Luft bekäme, warum ich dann nicht ins Krankenhaus fahre, fragt er, weil ich nur möchte, dass meine Lunge abgehört wird, damit ich weiß, ob ich eine Lungenentzündung habe, der Notarzt steht zehn

Meter entfernt und zieht sich eine Maske über Mund und Nase, wenn Sie untersucht werden wollen, dann fahren Sie ins Krankenhaus, fordert er, und Henrike fragt, wozu es denn dann ihn gebe, aber er antwortet nicht, steigt ins Auto, fährt weiter, die Jungs vom Krankenwagen schauen uns an, ich zucke mit den Schultern, ich möchte nicht ins Krankenhaus, ich möchte nicht, dass mir irgendein Malaria-Mittel gespritzt wird, von dem niemand weiß, ob es überhaupt etwas bringt, ich möchte nicht für den Fall der Fälle intubiert werden, ich möchte nur wissen, ob ich eine Lungenentzündung habe und Antibiotika brauche, Henrike nimmt mich am Ellenbogen und bringt mich zu meinem Wagen zurück, steigt mit mir hinein wie in eine Gruft, es ist das erste Mal seit der Krankheit, dass jemand mit mir in meinem Wagen sitzt, obwohl ich vor vier Wochen positiv getestet und nach zwei Wochen ohne Test für genesen erklärt wurde und in allen Zeitungen und Arztblättern steht, dass Menschen nach zwei Wochen nicht mehr ansteckend sind, aber niemand glaubt das, nicht einmal die Ärzt*innen, nicht einmal der Notarzt vor dem Tor, trotzdem sitzt Henrike an meinem Bett, so nah, dass ich Angst um sie bekomme und selbst daran zweifle, ob ich vielleicht doch noch ansteckend bin, aber noch immer zu wenig Luft bekomme, sie sagt, dass sie bleibe, bis ich eingeschlafen sei, und ihr Satz schiebt Ruhe zwischen meine Lungenflügel.

Als ich aufwache, ist mein Atem ruhig und tief wie der Cospudner Badesee, sodass ich dem Tag gegenüber Hoffnung verspüre, die Aufregungen der vorangegangenen Nacht ähneln nunmehr einer Traumsequenz, obwohl ich weiß, dass es diesmal kein Traum war und dass die Krankheit mit mir noch nicht fertig ist, aber heute scheint die Sonne durch mein Schreibtischfenster auf das Bett, hinein in meinen Wagen mit den weiß gestrichenen Wänden, dem aufklappbaren weißen Esstisch und den weißen Bücherregalen, fast so hell, dass es blendet, während ich Kaffee aufstelle und Haferflocken in Milch einweiche, aus der Espressokanne blubbert es entgegenkommend, ich drehe das Gas ab, über den Campingkocher habe ich vor zwei Jahren ein Post-it geklebt: immer das Gas abdrehen!, der Espresso hat exakt die Mischung aus bitter und herb, die der Morgen braucht, um mich in den Tag zu stoßen, den Geschmack unserer Diskussionen und Streitereien, in denen ich dir Vorwürfe mache und du dich verteidigst, nach denen ich dir wütend Sticker auf dein Auto klebe, unsere Steine für eure Nation oder No Justice No Peace, und du mich trotzdem zur U-Bahn fährst und meinst, dass dein Widerstand schließlich ein nationaler gewesen sei, aber ich das nicht hören möchte, weil nur Deutsche Nazis sind und ich nicht in Widersprüchen denken kann, weil ich früher wie Estha war, die jede unangenehme Wahrheit leugnet und sich einredet, dass es Nazis überhaupt nicht mehr gibt, und weil du immer mein größter Held warst und ich einen Helden gebraucht habe, und weil über die Grausamkeiten des Sowjet-Regimes in Österreich niemand sprach, in der Schule nicht und in den linken Kreisen, in denen ich mich später bewegte, ohnehin nicht, und obwohl ich wusste, dass sie dich gefoltert und gequält hatten, du beinahe verhungert oder erfroren wärst, schleuderte ich dir Parolen aus meinen Plenas und Demos an den Kopf, als wären es Wahrheiten, und heute sitzt du hier im Sonnenschein und siehst mich ruhig an, in der Schule haben wir uns vorzustellen versucht, wie wir uns unter Hitler verhalten hätten, wir haben Die Welle gelesen und waren schockiert, nie haben wir durchgespielt, was wir unter Stalin getan hätten, ob auf Denunziationen von Nachbar*innen, Freund*innen, Familienmitgliedern später unsere Unterschriften gefunden worden wären, und ich weiß nicht, ob ich der Meinung gewesen wäre, dass der Zweck die Mittel heiligt, jetzt ist eine Wolke vor die Sonne gezogen und du bist in Staub aufgegangen, meine Kaffeetasse ist leer und Henrike ruft, dass ich kommen soll, also schleppe ich mich aus dem Wagen, dass etwas mit Karl nicht stimme, sagt sie, und dass Jonas schon dort sei, ich beschleunige meinen Gang, aber sofort ist da die Schwere auf dem Brustkorb, schau, sagt Jonas, als ich neben ihm stehe, der Flügel, ich schaue und sehe, dass der rechte Flügel schlaff an der Seite hinunterhängt, wie ein Staubwedel, Jonas zeigt auf den Maschendraht, den Gerhild um den Alucontainer gewickelt hat, um die Katzen fernzuhalten, der Vogel muss mit dem Flügel in einer Lasche hängengeblieben sein, erklärt Jonas, ich nicke benommen, und wird das wieder, frage ich, er zieht die Augenbrauen zusammen, die Flügel seien sehr empfindlich, meint er, und dass wir ihm wahrscheinlich eine Holzvoliere bauen hätten sollen, wieder nicke ich und beobachte Karl, der unruhig um uns herumhüpft, wir können nur abwarten, höre ich, spüre die Ohnmacht in meinem Bauch, eine Panzerkolonne, die einen Schuldigen sucht, um zu feuern, Gerhild steigt ahnungslos aus ihrem Wagen die Treppe hinunter, hinter ihr schleicht die graue Killerkatze, hallo, ruft Jonas und winkt freundlich, auch Henrike winkt und Gerhild winkt zurück, dann reibt sie sich den Schlaf aus den Augen und lächelt.

Im Sommer 2012 rief mich Sandra an und fragte, ob ich übergangsweise in ihren Wagen ziehen wolle, dass wir doch einmal darüber gesprochen hätten, nun fahre sie tatsächlich für ein Jahr weg, wegen eines Jobs, ob ich noch Interesse hätte, und ich bejahte prompt, ohne weiter darüber nachzudenken, du warst schließlich seit drei Jahren tot, und solange ich keine konkreten Vorstellungen von der Zukunft entwarf, verging ein Tag nach dem anderen, ein Wagenplatz schien wie ein verlängerter Arm der besetzten Häuser und Landkommunen, die ich schon kannte, ein Kompromiss, also zog ich ein und schrieb kurze Sätze auf Schmierzettel, strengte mich an, daraus Erzählungen zu machen, Figuren zu entwerfen, das Schreiben zu durchdringen, es war die einzige Tätigkeit, die mich mit Freude erfüllte, ich lebte von Sozialhilfe und ein paar Ersparnissen, trotz meines Magisters in Volkswirtschaft, der mir ein gutes Einkommen sichern hätte können, aber an regelmäßige Arbeitszeiten war nicht zu denken, es war anstrengend genug, mich zum Aufstehen zu zwingen, Gelegenheitsjobs, ein paar Euros da und dort, ich hatte gelernt, Essen aus Müllcontainern vor Supermärkten herauszuholen, viel brauchte ich nicht, auch nicht für Sue, die das einzige Lebewesen war, für das ich Verantwortung trug, das Haus auf Rädern schien wie eine Bestimmung, ich dachte, wenn ich in ein Haus auf Rädern ziehe, dann kann sogar ich sesshaft werden, mich niederlassen, ankommen, weil mich nichts mehr davon abhalten würde, weiterzuziehen, und jetzt sitze ich noch immer hier, nach acht Jahren, in denen andere ein- und ausgezogen sind, in denen meine Hündin alt wurde und starb, Liebesbeziehungen endeten und neue anfingen, um auch zu enden, und noch immer ruhen unsere Gespräche auf meinem Laptop, warten geduldig, ziehen von einer Festplatte auf die nächste, und jedes Mal, wenn ich sie anklicke, friert etwas in mir ein, ganz so, als ließe es sich daran zugrunde gehen, als bestünde die Möglichkeit, dieses Vorhaben nicht zu überleben, als hätte deine Stimme die Macht, aus dem Licht nach mir zu greifen und mich zu sich zu holen, trotzdem gebe ich nicht auf und versuche es erneut und drücke mitten in der Aufzeichnung auf Play: *wir haben an den jüdischen Aufstand im Ghetto Waffen geliefert,* ich frage: warum habt ihr euch dem Aufstand nicht angeschlossen?, danach drücke ich wieder auf Stopp, wie lange das hier noch gehen wird, wie lange es dauern wird, bis Karls Flügel heilt und er davonfliegt, wie lange ich es noch aushalten werde, jeden Tag aufs Neue in den Liegestuhl vor meinem LKW-Anhänger zu plumpsen, nur um den Stunden beim Verstreichen zuzusehen, den Blättern der riesigen Pappel im Wind, den Wolken, die mir früher wenig bedeutet haben, aber seit Karl in mein Leben getreten ist, ist der Himmel eine Parallelwelt, die ich akribisch zu entziffern suche, um seinen eigentlichen Lebensraum zu erfassen, es war Sommer, als ich in Sandras Wagen zog, ohne irgendwen zu kennen, später sah ich die Menschen, den Zusammenhang, den Platz, seit ich mich erinnere, habe ich mich immer stärker in Gruppen als in Individuen verliebt und diese Trennungen waren die schmerzhaftesten, Karl kräht mir ins Gesicht, ihm ist langweilig, auch er sieht den anderen Vögeln beim Fliegen zu und weiß, dass er in die Luft gehört, ich biete ihm mein Knie an, seinen Lieblingsplatz, und streichle ihn zwischen den Flügelansätzen, das entspannt ihn, und bald dämmert er weg, während ich die Esse in der Mitte des Platzes betrachte, sie ist gut 25 Meter hoch, aus Ziegeln, ganz oben gibt es ein Blechdach auf Stahlträgern, und jeden Morgen landen auf dem Dach die drei erwachsenen Krähen, die mir Karl entreißen wollten, sie landen und krächzen und beobachten uns, später fliegen zwei Tauben in die Esse hinein, in den Spalt zwischen Ziegelwand und Dach, wahrscheinlich haben sie in der Esse ein Nest, und weil sie kleiner sind als die Krähen, können jene ihnen nicht folgen, in den Hierarchien des Himmels stehen Tauben ganz unten, tagsüber landen sie in den Zweigen der alten Pappel hinter meinem Wagen und sehen Karl und mir zu, ob das Bild von Karl auf meinem Knie eine Irritation auslöst, Neugier vielleicht, als ich das erste Mal in einem Wagen saß, spürte ich Faszination, aber als das erste Gewitter über mir ausbrach, kam die Angst und ich begriff, dass ich jeden Tropfen Wasser, den ich verbrauche, mit der Kraft meines Körpers tragen würde müssen, dann kam Bewunderung für all die Errungenschaften von städtischen Rohrsystemen bis zur Kanalisation, ich trat ein in eine Welt, in der mir nichts geschenkt werden würde außer der Möglichkeit, alles selbst zu tun.

Auf dem Platz steht ein Gebäude mit löchrigen Dachplatten aus Asbest, in dem es neben einem Büro, einem Gästezimmer, einer Bar, einer Bühne auch einen Umsonstladen gibt, ein modriger Raum, zugestopft mit ausgemisteter Kleidung, Büchern, kaputten Akkus, Schuhen und gemischtem Gerümpel, das für die Mülltonnen zu schade war und jetzt aus Regalen herunterhängt wie geschmolzener Emmentaler, trotzdem bin ich zuversichtlich, dort fündig zu werden, ich verlasse Karl für ein paar Minuten und suche nach Spielzeug, um ihm die Zeit zu vertreiben, weil mein kleiner Prinz ständig unterhalten werden möchte, finde ich ein Modellauto, einen silbernen VW-Golf, dessen Türen sich öffnen lassen, und Modeschmuck, den ich im VW-Golf zu verstecken gedenke, damit Karl sucht und findet und kurz der Langeweile entflieht, denn am liebsten spielt er Suchspiele, wird davon ganz hibbelig, krächzt heiser und hüpft herum, fährt mit dem Schnabel in das ausgebrochene Seitenfenster des VW-Golf, hebt das Modellauto hoch und donnert es im nächsten Augenblick auf die Gartentischplatte, wiederholt das Prozedere mehrmals leidenschaftlich, während ich mit dem Smartphone draufhalte und ihn anfeuere, meinen Superstar, meinen James Dean der Vögel, wenn ich ein Vöglein wär, aber dann wirft Karl den VW-Golf vom Tisch und reißt den Schnabel gegen mich auf, Hunger, frage ich, wieder der feindselig geöffnete Schnabel, ich fasse mit den Fingern nach seinem Hals, um ihn zu streicheln, werde jedoch mit einem deutlichen Gepicke abgewiesen, der Prinz ist frustriert, etwas an unserer Situation ist verkehrt, etwas fehlt, eine andere Krähe, auch mir fehlen andere Menschen, ich wende mich von Karl ab und gehe in den Wagen, er folgt mir nicht, er bleibt auf dem Tisch und schreit mir nach, bevor ich die Tür zumache, streife ich mit Blicken über die Betonplatte, prüfe, ob die Killerkatze irgendwo lauert, inzwischen verlasse ich mich darauf, dass Karl rechtzeitig Alarm schlägt, eigentlich sind queere Menschen in dieser Gesellschaft so wenig vorgesehen wie kranke Tiere in der Wildnis, wir sind der Auswurf eines momentanen Lapsus, wahrscheinlich möchte ich deshalb so sehr, dass es Karl schafft, um der Welt etwas zu beweisen, der heiße Sommerwind schlägt gegen den Wagen, während ich ein Butterbrot esse, inzwischen kann ich nur noch im Wagen bei geschlossener Tür essen, sobald ich es mir mit einem Teller draußen gemütlich mache, fordert Karl seinen Anteil, und sein Anteil ist immer alles, der Platz ist ein Spiegel der Gesellschaft, der Platz lässt dich rein und spuckt dich aus, der Platz wacht über dich wie Jesus über seine Jünger, der Platz ist ein Wüstenplanet, auf dem du ganz allein für dein Überleben sorgst, ich öffne die Wagentür, mein Prinz steht auf der Treppe und hüpft hinein, nein, sage ich und trage ihn zurück ins Freie.

Der Tag ist trüb und verheißungslos und ich bin des schweren Atems überdrüssig. Die langsamen Spaziergänge saugen mir die Lebensfreude aus wie Zecken den Platzkatzen das Blut, und wären nicht mein schwarzes Engelchen und Henrike und Estha, ich würde mein Versprechen an dich nicht einlösen, die Aufnahmen würden in fremde Hände fallen oder verschwinden, niemandem außer mir bedeuten sie etwas, wie konntest du nur trotz der Schmerzen und der Aussichtslosigkeit des Krebses weiterleben wollen, immer weiter, während mir die Krankheit nach wenigen Monaten den Garaus macht, wiewohl stehe ich jeden Morgen auf, und wäre ich gläubig, dann könnte ich dankbar sein, und Dankbarkeit hilft, sich aus den Gräben zu ziehen, du wurdest verhört, du wurdest gefoltert, du musstest bei minus fünfzig Grad einen Schubkarren auf einem Brett über den Abgrund balancieren und bist aus dieser Zeit hervorgegangen, um Vater zu werden, Karl hüpft über die Betonplatte zu mir auf den Tisch, der Flügel hängt noch immer an seinem Körper herab, aber er wirkt selbstbewusst und ist zum Spielen aufgelegt, krächzt mich freudig an, malt ein Lächeln in mein Gesicht, sodass ich mich aufraffe und eine Handvoll Erdnüsse hole, um sie im nahen Umkreis zu verstecken, während mein Prinz mir hinterherhüpft, jede Erdnuss aus ihrem Versteck holt, in seinen Kropf packt und in sein eigenes Versteck bringt, das machen wir so lange, bis ich wackelig in den Liegestuhl zurücksinke und verstohlen auf meinem Smartphone herumwische, weil ich während des Spiels SMS gehört habe, immer warte ich auf Estha, und in der ersten Nachricht steht, habe den Text gelesen, sollen wir heute phonen, sollen wir heute phonen, spreche ich laut aus, antworte mit einem Thumbs Up aus der Dunkelheit, in die nun Licht einbricht, denn womöglich weiß Estha mit den paar Seiten, die ich geschrieben habe, etwas anzufangen und gibt mir einen Grund weiterzuschreiben, die restlichen Nachrichten lösche ich, ohne sie zu lesen, ich laufe barfuß über eine Straße, auf die Nägel ausgestreut worden sind, als wollte jemand Stahlhühner füttern, sie schneiden scharf in meine Fußsohlen, ich laufe weiter, es gibt keine andere Möglichkeit, um die Straße zu überqueren, Karl sitzt auf meiner Schulter, murmelt mir ins Ohr, am 19. Mai vor 94 Jahren wurdest du in Sambor geboren, 1945 wurdest du gemeinsam mit deinem Bruder auf dem Hauptplatz in Lwów festgenommen, zuerst ins Gefängnis gebracht, dort gefoltert und schließlich in ein Arbeitslager deportiert, um zu wissen, wohin genau du deportiert wurdest, müsste ich mir die Aufnahmen endlich anhören, das meint auch Estha, die ein glückliches Leben führt, obwohl sie Jüdin ist, die immer weiß, wofür sie morgens aufsteht, wenn das hier vorbei ist, meint Henrike, wirst du nie wieder vor Covid Angst zu haben brauchen, dann bist du immun, ich lächle sie an und lächle weiter zu Karl, der die Spitze eines Strauchs erklommen hat und nun auf einem dünnen Ast hin- und herwippt und zu mir hinunterkrächzt, bravo, rufe ich, bravo, bald wirst du ganz Vogel werden, rufe ich und balle meine Hände zu Fäusten.

Wpadł pies do kuchni i porwał mięsa ćwierć, a jeden głupi kucharz zarąbał go na śmierć, a drugi kucharz – mądry, co w sercu litość miał, postawił psu nagrobek i taki napis dał ... Wpadł pies do kuchni, singe ich, so wie du früher, wenn du von etwas ablenken oder mich zum Lachen bringen wolltest, wenn ich singe, glaube ich, dass sich alles noch zum Guten wenden wird, ich bin bereit für den Tag, und schon steht Henrike neben mir, dein erster Spaziergang draußen, ruft sie, wirft dabei die Arme hoch, als würde ich mich endlich aus einem Rollstuhl erheben, freust du dich, fragt sie, aber ich blicke nur zu Karl, wer wird auf ihn aufpassen, wenn wir weg sind, frage ich, der kommt schon klar, meint Henrike, sie glaubt, ganz wie Gerhild, dass sich mein schwarzes Engelchen gegen die Killerkatze behaupten kann, dass wir Menschen nicht in die Natur eingreifen sollen, du musst endlich mal raus, beschwört sie mich, wie viele Wochen sind das jetzt, ich habe aufgehört, Tage oder Wochen zu zählen, es wird dir so guttun, versichert sie, Karl sitzt auf der Treppe meines Wagens, sieht mir nach, hat dabei den Schnabel halb offen, er kann es nicht glauben, während ich mich mit Henrike Richtung Gittertor bewege, auf jenen Ausgang zu, den ich meinem Prinzen einst verwehrt habe, nun nehme ich ihn selbst, ich sollte mich schämen, ich sollte sofort umkehren, ich sollte eine Runde über den Platz laufen, wie sonst auch, anstatt mir einzubilden, ich könnte der Krankheit entkommen, aber ich bin ein Mensch und du wurdest nie müde zu betonen, dass Menschen mit Händen geboren werden, die zum eigenen Körper und nicht nach außen zeigen, und ich wurde nie müde, dir das Gegenteil beweisen zu wollen, dass es echten Zusammenhalt gibt, dass ein Mensch einen anderen in einer Krise erkennt und sich seiner annimmt, auch ohne dass es sich um Mitglieder seiner Familie, ob blutsverwandte oder angeheiratete, handelt, Henrike bleibt dicht bei mir, schiebt ein Bein vor das andere, es muss furchtbar langweilig für sie sein, so neben mir herzutrotten, warte kurz, halte ich sie nach wenigen Schritten an, muss mich kurz ausruhen, wir bleiben stehen, ich sehe zum Himmel hinauf, wo die Wolken rasch vorbeiziehen, obwohl es nicht windig ist, ein wenig gräulich sind sie, bis es regnet, sind wir längst zurück, beruhigt mich Henrike, sie ist so klein und zierlich wie eine Bienenelfe, trotzdem würde es niemanden wundern, wenn sie im Vorbeigehen einen Baum ausreißt, hast du dir die Aufnahmen endlich angehört, fragt sie mitten in den Wolkenstrom hinein, in der Früh, nach dem Aufstehen, noch bevor ich die Wagentür geöffnet habe, vor meiner Zeit mit Karl, habe ich mit deiner Stimme gefrühstückt, mit der Erzählung, in der du von Lwów mit dem Zug nach Warszawa fahren solltest, um einen Brief zu übergeben, du warst Kurier, weil du so jung warst, eigentlich noch ein Kind, es gab Waggons im Zug, in denen durften nur Deutsche sitzen, also dachtest du, dass es dort am sichersten sein würde, bestimmt hast du mir diese Geschichte erzählt, als ich noch ein Kind war, *das habe ich ganz sicher,* wahrscheinlich war es eine der vielen Einschlafgeschichten, an die ich mich nicht mehr erinnere, ein paar Minuten heute beim Frühstück, antworte ich Henrike, es war schön, seine Stimme zu hören, auch wenn sie durchlöchert klingt, weil die Lunge schon so krank ist, automatisch lege ich eine Hand auf meinen Brustkorb, Henrike nickt, komm, wir laufen noch bis zum Müllberg, ich schiebe mich voran und überlege, wie es Menschen geht, deren Körper nie voll funktionsfähig ist, und merke, dass um mich nur Menschen mit voll funktionsfähigen Körpern leben, vielleicht ein oder zwei mindere Gebrechen, eine dicke Brille oder ein Hörgerät, viele haben Tinnitus, sogar Diabetes hatte eine, aber niemand, die im Rollstuhl sitzt oder Krücken braucht, blind oder gehörlos ist, als ich einmal bei der Post in der Schlange stand, rannte ein kleines Kind, höchstens vier Jahre alt, auf und ab und schrie ohne Unterlass, es schmerzte in den Ohren, alle sahen sich vorwurfsvoll nach einem Elternteil um, aber niemand reagierte und das Kind schrie weiter, es war kein aggressives Schreien, eher entstand der Eindruck, dass es gewohnt war, so laut herumzuschreien, dann drehte sich eine blonde Frau in meinem Alter nach dem Kind um und adressierte es in Gebärdensprache, wie fühlst du dich, fragt Henrike, bist du aufgeregt, so weit weg zu sein, als wir den Berg erreichen, landet der erste Tropfen auf meinem Kopf, ich mache mir Sorgen um Karl, antworte ich, der Wagenplatz ist eine Festung, die von zwei Straßen eingegrenzt wird, eine Schnellstraße, der regelmäßig Platzkatzen zum Opfer fallen, und eine Dreißigerzone, die anderen Begrenzungen sind der Hundekindergarten und das Grünflächenamt, mitten auf dem Platz stehen zwei riesige Hallen, eine Esse und das Schlauchgebäude mit dem Umsonstladen, ein offener Teil der mittleren Halle bildet das Wohnzimmer, in dem im Winter Feuertonnen brennen, bei der ersten Feuertonne verliebte ich mich in das Wagenplatzleben, ich saß Jonas gegenüber, der das freundlichste Lächeln trägt und mich so ehrlich nach mir befragt hat, wie ich es nur aus dem Osten kenne, wir müssen sofort zurück, erkläre ich, ich muss zu Karl, er soll in den Käfig, damit er nicht nass wird, aber er ist ein Vogel, widerspricht Henrike, die werden bei Regen nass, ich drehe den Kopf zu ihr und wiederhole, wir müssen sofort zurück, schulterzuckend dreht Henrike um, trotz aller Anstrengungen werde ich nicht schneller, sobald ich es versuche, verstärkt sich der Druck auf meinem Brustkorb, als läge ein Goldbarren darauf, Schritt für Schritt, denke ich, Schritt für Schritt, ich muss ja keinen Schubkarren über einen Abgrund rollen, ich muss nur 500 Meter vom Müllberg zurück zum Wagenplatz laufen, um rechtzeitig vor dem Regen bei Karl zu sein, Henrike lacht mich leise aus, *als Erstes möchte ich aus einem Schreiben an das Konsulat in Kraków zitieren, das den Tod meines Bruders Zdzisław bestätigt, das Datum ist der 9. Juli 1949 und es steht hier, dass Zdzisław im Juli 1949 verstorben ist,* welches Jahr, frage ich, *1949*, dann ist er aber ziemlich lange dort gewesen, bemerke ich, *wieso lange*, wann seid ihr überhaupt nach Sibirien deportiert worden, frage ich, *1946*, gleich sind wir da, sagt Henrike, die Regentropfen werden dichter, sie öffnet das Tor, ich laufe durch, bewege mich entschlossen auf meinen Wagen zu, auf Karls Käfig, der Platz ist leer, als wir losgelaufen sind, saß Gerhild noch auf ihrer Treppe, aber jetzt ist die Tür zu ihrem Wagen zu und auf der Treppe liegt die Killerkatze, gleich wird sie über die Katzenklappe im Wagen verschwinden, Karl!, Karl!, rufe ich, weder im Käfig noch unter meinem Wagen bewegt sich etwas, logisch ist Gerhild weggefahren, ohne Karl in den Käfig zu sperren, Karl!, Karl!, statt dem Krächzen des Engels vibriert mein Smartphone, Estha ruft an, ich wische über den Bildschirm und schreie, Karl ist weg, es regnet, aber Karl ist nicht hier, beruhige dich, sagt sie, er wird schon kommen, nein, schreie ich, er ist weg, irgendeine Katze hat ihn erwischt und in den Dschungel gezerrt, ich laufe hinter das Dixi-Klo und kämpfe mich durch das Gestrüpp, ach was, Süße, der hat sich irgendwo versteckt, woher willst du das wissen, schluchze ich, du bist gar nicht hier!, nicht bei mir und Karl, sondern weit weg in einem anderen Land sitzt Estha an ihrem Schreibtisch, während ich um unser Überleben kämpfe, *der deutsch-sowjetische Nichtangriffspakt, der Molotow-Ribbentrop-Pakt, wurde am 24. August 1939 unterzeichnet und garantierte dem Deutschen Reich die sowjetische Neutralität für den vorbereiteten Angriff auf Polen*, bei dem du

13 Jahre alt warst und dein Bruder 15, in einem Zusatzprotokoll wurde festgelegt, dass Ostpolen, also auch der Teil, in dem du und deine Familie lebten, an die Sowjetunion fallen sollte, der Regen wird zarter, meine Unterschenkel sind vom Kampf mit dem Gestrüpp zerkratzt, Henrike stupst mich von hinten an, komm, ich habe uns einen Kaffee aufgestellt, hallo?, ruft Estha, ich kann jetzt nicht sprechen, antworte ich in das Smartphone und tippe auf den roten Punkt, ohnehin war sie keine Hilfe, und wenigstens weiß sie jetzt, wie sich das anfühlt, wenn eine auflegt, so ohne Vorwarnung und schnell, Henrike nimmt mich bei der Hand, das Leben sei kein Disney-Film, verrät sie mir, und das mit Karl sei nie für die Dauer bestimmt gewesen, fügt sie hinzu, vielleicht wäre es doch tröstlicher, mit Estha zu telefonieren, überlege ich, vermutlich ist er einfach weggeflogen, fährt Henrike fort, leert den Inhalt der Kaffeekanne in zwei Tassen, ich sitze benommen im Liegestuhl, Tränen rinnen mir die Wangen hinunter, es kann nicht sein, dass Karl verschwunden ist, womöglich tot, wieder vibriert das Smartphone, wieder Estha, ja, sage ich, hast du einfach aufgelegt, fragt sie, ich antworte nicht, und Karl, fragt sie weiter, weg, antworte ich, Henrike steht auf und lässt mich mit Estha alleine, obschon es ihre Schuld ist, sie hat mich zum Gittertor geführt, Henrike, mein Luzifer, meine Lichtbringerin, so wie Gerhild, die während meines Spaziergangs weggefahren ist, ohne Karl in den Käfig zu sperren, so wie Estha, die in Wien sitzt und nur anruft, wenn es ihr

passt, alle drei haben sich gegen mich und meinen schwarzen Engel verschworen, sie wollen nicht, dass ich ein wildes Tier großziehe, bestimmt haben sie nur auf diesen Moment gewartet, um mir sagen zu können, dass es eben so sei, das Leben eben kein Disney-Zeichentrickfilm, und dass derlei Versuche nun mal selten gut ausgehen, ich schütte den Espresso hinunter wie einen Shot, vielleicht ist er weggeflogen, bietet Estha nach einer längeren Pause an, in der ich gehört habe, dass sie etwas auf der Computertastatur geschrieben hat, was machst du eigentlich ständig, während du mit mir telefonierst, frage ich und das Tippen verebbt, ich musste nur schnell auf eine Mail antworten, jetzt bin ich ganz bei dir, Süße, Karl kann doch noch nicht fliegen, erkläre ich matt und die Sonne strahlt weiter zuversichtlich, möchtest du nicht mit eurer Festnahme beginnen, habe ich dir in unserem ersten Gespräch vorgeschlagen, oder vielleicht noch früher, änderte ich meine Meinung, und plötzlich fühle ich dich ganz nah, als läge deine Hand auf meiner Schulter, als würden wir unsere Gespräche zum zweiten Mal führen, wie war die Situation, wo habt ihr gewohnt, überhaupt alles, du bist mir so nah, dass ich in der Sonne friere, wir wollten doch über deinen Text sprechen, wechselt Estha das Thema, meine Hand streicht die Krümel vom Gartentisch, sollen wir, fragt Estha, aber Karl, entgegne ich und würde ohnehin lieber mit dir in unsere Gespräche zurückversinken, also stecke ich das Smartphone in die Hosentasche, während Estha weiterredet, und erhebe mich aus dem Liegestuhl, *wir haben in Lwów gelebt, Zdzisław und ich, in der Ulica Senatorska, wir hatten eine Zweizimmerwohnung, in einem Zimmer wohnten mein Bruder und ich und in dem anderen wohnten unser Freund Podgórski mit einem Freund,* Süße, höre ich Estha aus der Tasche, du weißt natürlich, wie sehr ich für dein Schreiben schwärme, trotzdem gibt es einige Punkte, ich hole das Smartphone raus, was denn für Punkte, frage ich und schleppe mich an dem Schlauchgebäude entlang in Richtung Jonas' Wagen und Schnellstraße, ein Tier würde sich bei Gefahr dorthin bewegen, wo es sich einst sicher gefühlt hat, ich würde das tun, mein Vogel ist eine Waise, die nun auch von mir verlassen wurde, dann erspähe ich einen schwarzen Punkt in den Blättern der Birke vor Jonas' Wagen, da wäre zum Beispiel die Zeitform, sagt Estha langsam und bedächtig, was meinst du, frage ich, möchtest du es nicht doch lieber ins Imperfekt setzen, nein, antworte ich mit meiner Aufmerksamkeit ganz bei dem schwarzen Punkt, niemand weiß, wie es ausgehen wird, ergänze ich der Höflichkeit halber, hm, macht Estha, und dem folgt eine Stille, die alles dämpft wie ein Meter Schnee, es ist das erste Mal, dass ich ihr widerspreche, wiewohl fühlt es sich ganz natürlich an, der Ast mit dem schwarzen Punkt wackelt, Karl?, ich vernehme ein kaum merkliches Krächzen, wie ist er auf diesen Ast gekommen, um die dünne Pappel stehen ein Gewächshaus, ein Stuhl, eine kurze Treppe, aber nichts, das hoch genug wäre, um den

Aufstieg in die Pappel zu ermöglichen, mein Schatz muss vom Gewächshaus auf den Ast geflattert sein, du irrst dich, sagt Estha, und es trifft mich unerwartet hart, so hart, dass unkontrolliert wieder Tränen hochschießen, wenigstens sieht Estha das nicht, mein Engelchen kommt aus dem Versteck heraus und ich strecke ihm den Zeigefinger entgegen, aber er zögert, ich möchte dir doch nur helfen, das Präsens ist nun mal nicht sehr gelungen, beharrt Estha, endlich hüpft Karl auf den Finger und tapst weiter, bis er sich auf meiner Schulter niederlässt, Süße, hörst du mich noch, am liebsten würde ich wieder auflegen, stattdessen ziehe ich den Tränenrotz hoch und antworte, dass ich noch mehr Argumente für eine Zeitänderung bräuchte, dass ich noch nicht überzeugt sei, in Ordnung, setzt Estha an, ich sei noch nicht fertig, unterbreche ich sie, dass ich trotzdem über ihre Argumente nachdenken würde, dass ich sie ernst nehme, aber mir das umgekehrt auch wünsche, dass Karl aufgetaucht sei und auf meiner Schulter sitze, dass er hinten bei Jonas' Wagen gewesen sei, auf dem Ast einer Pappel habe er sich versteckt, und dass der Ast so hoch sei, dass er wohl vom Gewächshaus hinübergeflattert sein müsse, geflattert, betone ich und lege auf.

Wasser ist flüssiges Eis und du warst trotz deiner Leidenschaft für das Wasser kein besonders guter Schwimmer. Als Kind tauchte ich jeden Sonntag im Schwimmbad hinter dir her und beobachtete deine Bewegungen, eine ungelenke Mischung aus Brust und Kraul, den Kopf hattest du leicht zur Seite geneigt, der rechte Arm und das rechte Bein kreisten, während links willkürlich mit den Extremitäten gestoßen wurde. Ungeachtet dessen kamst du voran. Damit ich die unterschiedlichen Stile einwandfrei lernte, hast du dem Bademeister wöchentlich ein paar Scheine zugesteckt. Unsere Körper trafen sich immer am Beckenrand, wo das Wasser gegen die Umfassung drängte und in der Abflussritze verschwand, und deine Augen strahlten mich an, weil du genau dort warst, wo du hingehörtest. Ich habe nie wieder jemanden kennengelernt, der das Leben so sehr geliebt hat wie du. Sogar als ich mit dir kurz vor deinem Tod im Sprechzimmer des Onkologen saß, der dir erklärte, dass die Metastasen auf deine Knochen übergegriffen hatten und sowohl Hüfte als auch Beine bereits betroffen waren, fordertest du ihn auf, dir einfach beide Beine zu amputieren. Der junge Onkologe und ich sahen dich verständnislos an, und ich versuchte mir, dich ohne Beine beim Schwimmen vorzustellen.

Der Arbeiter befestigt das Dixi-Klo mit einem Gurt auf der Ladefläche des Pickups, auf der bereits vier weitere Dixi-Klos stehen, nun ist es also so weit und mein Dixi-Klo wird nicht mehr ausgetauscht, sondern abtransportiert, nach zwei Monaten fürchten selbst meine Mitbewohner*innen nicht mehr, sich anzustecken, es ist der erste Corona-Sommer und die Krankheit wütet in vielen Teilen der Welt, aber noch nicht in Sachsen, lange Zeit bin ich der einzige Corona-Fall in Leipzig gewesen, mein schwarzes Engelchen sitzt auf meiner Schulter und beobachtet mit mir den Abtransport, während Jonas mit dem Arbeiter die Formalitäten klärt, sie sächseln vertraut über die Arbeitsbedingungen im Lockdown und über das Leben auf dem Wagenplatz, dass wir hier zumindest frei seien, meint der Arbeiter, ich überlege, wann mich zum letzten Mal jemand außer Henrike oder Jonas gefragt hat, wie es mir gehe, letzte Woche haben meine Mitbewohner*innen ein Fitnessvideo gedreht, in dem sie die Fülle an Leerzeit während der Pandemie auf die Schippe nehmen, ein Austauschprojekt mit anderen Wagenplätzen, die ebenfalls Kollektivvideos produziert haben, jemand schlug vor, dass ich mitmachen solle, darauf reagierte ich nicht, irgendwann, falls ich wieder gesund bin, werde ich von hier fortziehen, wahrscheinlich nach Wien, wo das Haus steht, in dem Warmwasser fließt, eine Zentralheizung läuft und das Klo in den Winternächten über einen Fliesenboden mit Fußbodenheizung erreicht werden kann, denn ob ich hier oder dort vereinsame, macht wohl keinen Unterschied, und Jonas läuft zum Eingangstor und öffnet es, der Dixi-Pickup hupt ein paar Mal, bevor er um die Ecke biegt, und ich unterdrücke den Impuls, ihm nachzuwinken.

Zweiter Teil

An der Offiziersschule wurden in erster Linie Jungen und Mädchen für die Untergrundarbeit ausgebildet. In geheimen Klassen hatten sie Fächer wie Straßenkampf, Sabotage und Diversion. Sie erlernten den Umgang mit Waffen, Werkzeugen und Sprengstoff, wurden in der Psychologie des Terrors unterwiesen, in der Führung von Massen und in Methoden, die Moral der Deutschen zu untergraben.

Jan Karski, Mein Bericht an die Welt

Karl wartet, dass sein Flügel heilt, und manche Geschichten erzählen sich wie von selbst zu Ende, ich muss nur die Geduld aufbringen und ebenfalls warten, wenn alles wegbricht, sind Geduld und Warten die Eigenschaften, auf die jedes Lebewesen zurückfällt, so wie Estha darauf wartet, in zwei Tagen mit Frau und Hund auf Urlaub zu fahren, Süße, ich brauche eine Pause von all dem, das hat sie gesagt und damit auch mich und meine Krankheit gemeint, und als ich schwieg, fügte sie noch ein sei mir nicht böse hinzu, als hätte ich eine Wahl, und du wartest in deinem Grab darauf, dass ich dich verewige, aber ich träume von einem Leben mit Karl im Dschungel, wo uns niemand behelligt. Nicht nur Estha ist auf Urlaub, auch hier sind nahezu alle plötzlich weg, wie durch einen Autofriedhof laufe ich über den Platz, Karl hüpft hinter mir her, vielleicht empfindet auch er die Leere als befremdlich, jetzt gibt es nur noch mich als Puffer gegen die Katze.

Es brauche eine geschichtliche Timeline, schrieb Estha noch vor dem Urlaub in eine Mail, die sich liest wie ein letzter Liebesbrief, sonst würde ich mich bald selbst nicht mehr auskennen, geschweige denn meine Leser*innen oder wer auch immer, das Wer-auch-immer steht feindselig am Ende der Mail, aber noch vor dem Liebe Grüße, ich lasse mich von dem Ton nicht aus der Ruhe bringen und konzentriere mich auf den Inhalt, wie es einer in jeder anständigen Verhaltenstherapie beigebracht wird, sortiere ich aus meinen Notizen die relevanten Fakten und fasse zusammen: In Galizien lebten kurz vor dem Ersten Weltkrieg 4 672 500 (58,22 %) Pol*innen, 3 208 092 (39,97 %) Ukrainer*innen und ein paar Deutsche, wovon 3 732 569 (46,51 %) römisch-katholisch, 3 379 613 (42,11 %) griechisch-katholisch, 33 209 (0,41 %) evangelisch und 871 895 (10,86 %) jüdisch waren. Und schon stocke ich. *Warum stockst du?* Weil sich jüdisch nicht mit römisch-katholisch aneinanderreihen lässt. *Warum nicht?* Weiß ich auch nicht, es fühlt sich falsch an. Du stehst auf und holst dir eine Zigarette aus meiner Schreibtischschublade. Hör mal, sage ich und lese dir ein Zitat aus dem Galizien-Buch vor: Mit der Herstellung der polnischen Autonomie in der zweiten Hälfte der 1860er Jahre bekannten sich nun auch die meisten emanzipierten Juden, immer noch eine verschwindende Minderheit, als Polen. *Warum interessiert dich ausgerechnet dieser Abschnitt,* es scheint mir bedeutsam, antworte ich, *weil es um die Juden geht,* weil sie eine Minderheit waren, weil für mich die Minderheiten immer bedeutsam sind, weil erst der Umgang mit Minderheiten etwas über eine Demokratie aussagt, weil ich selbst immer zu einer Minderheit gehören werde, *du bist Polin,* ich bin Lesbe, widerspreche ich, obwohl es kein Widerspruch ist, und sage, dass du das nicht verstehen kannst und dass ich weiter an meinen Notizen arbeiten wolle, weil ich sonst unsere Gespräche nicht einordnen können würde, denn die Fakten aus der ersten Hälfte des 20. Jahrhunderts liegen verstreut in meinem Kopf wie Knochen auf einer Betonfläche, dass ich letztlich erst sehen werde, worüber ich schreibe, sobald ich die Knochen zu einem Skelett zusammengesetzt habe, du nickst und machst es dir mit der Zigarette auf meiner Couch bequem, *ist ein Buch zu schreiben wie puzzeln?,* der Rauch dringt in meine Nase, die Herstellung dieses Manuskripts gleicht eher dem Aufblasen eines Ballons, antworte ich, immer wieder muss ich Pausen machen, um Luft zu holen, dann puste ich weiter, manchmal entweicht Luft, manchmal blase ich und es tut sich nichts, meine Lunge ist schwach *und das ist dann meine Geschichte, ein Luftballon?,* unsere Geschichte, ergänze ich, deine und meine, aber jetzt musst du mich arbeiten lassen, solange meine Gedanken klar sind, wer weiß, was die nächsten Tage bringen, ich wende mich wieder dem Laptop zu: 1914 war der Beginn des Ersten Weltkriegs. Die wichtigsten Kriegsbeteiligten waren Deutschland, Österreich-Ungarn und das Osmanische Reich auf der einen sowie Frankreich, Großbritannien, Italien und die USA und Russland auf der anderen Seite, wobei Italien später einstieg und Russland frühzeitig ausschied. Die Oktoberrevolution 1917 war die gewaltsame bolschewistische Machtübernahme in Russland unter der Führung Lenins. Am 11. November 1918 endete der Erste Weltkrieg. Etwa 17 Millionen!!! Menschen verloren durch ihn ihr Leben, wobei die Schätzungen mit großen Unsicherheiten behaftet sind. *Wer schreibt das?* Wikipedia. Am 7. Oktober 1918 proklamierte der Regentschaftsrat in Warschau einen unabhängigen polnischen Staat und übernahm fünf Tage später die Befehlsgewalt über die Armee. Auch Wikipedia. Das System der Gulags in der Sowjetunion wurde 1917 nach der bolschewistischen Revolution eingeführt, in den 1930er Jahren von Stalin perfektioniert und weit über seine Herrschaftszeit hinaus bis 1980 aufrechterhalten. Der Gulag, von Sowjets selbst als System von Konzentrationslagern bezeichnet, umfasste schließlich 476 Lagerkomplexe, in die bis 1952 rund 18 Millionen!!! Menschen deportiert wurden und in denen etwa 3 Millionen während ihrer Haftstrafe starben. Das schreibt Timothy Snyder in Bloodlands. *Stell dir vor, drei Millionen!* So etwas kann ich mir nicht vorstellen. *Glaubst du mir immer noch nicht?* Ich schlage Gulag – Life and Death inside the Soviet Concentration Camps von Tomasz Kizny auf und lese laut: Most importantly perhaps, Western opinion, which has been thoroughly (and rightly) educated in the horrors of the Nazi Holocaust, is reluctant to accept and digest information about mass crimes committed by a regime which was the ally of the western powers in the war against Hitler. *Und?* Ich zucke mit den Schultern, weil ich nicht zugeben möchte, dass ich dir das Ausmaß an Grausamkeit des Sowjet-Regimes nie geglaubt habe, dass ich immer dachte, es sei polnische Propaganda, weil ich weder akzeptieren wollte, dass eine Ideologie, die mir nahesteht, zu Morden in diesem Ausmaß, Folter und Sklaverei führen kann, noch gewillt war, sie mit Hitlers Nationalsozialismus zu vergleichen, aber nun, da du ohnehin meine Gedanken liest, macht mein Schweigen keinen Unterschied mehr, also sage ich, ja, ich sehe, und höre, dass draußen Karl das Krächzen nach Essen angestimmt hat, überlege eine Pause zu machen, um mein Engelchen zu füttern, aber es ist erst kurz nach acht Uhr, viel zu früh für sein Frühstück, also stelle ich einen Kaffee auf und entscheide, weiter Fakten zu tippen, weil das Abtippen von Fakten hilft, die Fakten über die Finger in den Körper hineinzuhämmern: 1920 siegte Polen in Warschau über die Rote Armee und setzte damit der sowjetischen Expansion nach Westen vorerst ein Ende. *Das hatten wir schon.* Wiederholungen schaden nicht. 1921 unterzeichnete Polen mit der Sowjetunion einen Nichtangriffspakt. Lenin starb 1924. Bis zum Beginn des Zweiten Weltkriegs weigerte sich Polen, mit Hitler wie auch mit Stalin ein Bündnis einzugehen, jedoch unterzeichnete es mit beiden Nichtangriffspakte.

Plötzlich rieche ich den verbrannten Kaffee, springe hastig auf und drehe das Gas ab, aber die Kanne ist wahrscheinlich innen schon verkohlt und ich denke unvermittelt an den Holodomor und was ich tun würde, wäre ich dem Hungertod ausgeliefert. Mein Sieben-Tage-Fasten fällt mir ein, aber ich verwerfe den Vergleich, denn ich hatte ja jederzeit die Möglichkeit, es zu beenden und zu essen, und frage mich, ab welchem Zeitpunkt die Bauern, die während des Holodomor in der Ukraine verhungert sind, begriffen hatten, dass keine Hilfe kommen würde, weil selbst das Saatgut beschlagnahmt worden war, und sie tatsächlich sterben würden, sie und ihre Kinder, nur ist ein Gehirn überhaupt imstande, so etwas zu begreifen, ich spekuliere, dass ich zu fliehen versucht hätte, und wenn das nicht mehr möglich gewesen wäre, weil Stalin die Grenzen abriegeln ließ, und auch die Städte, damit die Bauern dort nicht betteln konnten, zu wildern vielleicht, und wenn das nicht mehr möglich gewesen wäre, wenn ich an den Tod denke, dann stelle ich mir den schmerzhaften Weg dorthin vor und suche nach Mitteln, dem Schmerz zu entgehen, *je älter wir werden, desto schwieriger wird es, sich vom Leben zu trennen,* obwohl ich mit diesem Satz nichts anzufangen weiß, lässt er sich auch nicht widerlegen, zumindest nicht, bis ich so alt bin, wie du es warst, und ich fülle eine zweite Kaffeekanne mit Wasser, schütte Kaffee in das Sieb, drehe die Kanne zu und stelle sie auf den Campingkocher, draußen krächzt Karl, er muss direkt vor meiner Wagentür stehen, vorsichtig öffne ich sie und der entrüstete Vogel tapst hektisch hinein, flattert über meinen Schreibtisch, ich laufe ihm nach, scheuche ihn Richtung Tür, er flattert hinaus, ich möchte auch hinaus, mit Karl spielen, erinnere mich an den Kaffee, kehre um, weil ich keine dritte Kanne besitze, der Kaffee blubbert schon, ich drehe das Gas ab und setze mich an den Schreibtisch zurück. *Die ganze Zeit denkst du über die Geschichte der Ukraine und die Geschichte der Juden nach. Du sollst doch über mich und meine Geschichte schreiben.* Ich seufze und tippe weiter, über Stalins ethnische Säuberungen und den großen Terror, betrachte dich, wie du gemütlich auf meiner Couch liegst, und wünschte, du wärst einfach so ein banaler österreichischer Mitläufer gewesen, dann hätte ich dir kein Versprechen gegeben und könnte jetzt Krimis oder Jugendbücher schreiben, anstatt mich mit diesem ganzen Mist zu beschäftigen, denkst du denn, dass mir das Spaß macht, all dieses Zeug zu lesen und mir diese Aufnahmen anzuhören, obwohl es dich nicht mehr gibt und ich hier mit Karl alleine die Tage abwickle, *hab ich es dir nicht schon immer gesagt,* aber wenn ich über dich und deine Geschichte schreiben soll, dann muss ich doch auch über jene schreiben, die du in deinen Berichten nicht erwähnt hast, ich kann doch nicht so sein wie du, jetzt schließt du die Augen und döst weg, wer braucht sie eigentlich, diese ganzen Traumata, denke ich, und dass 1937 und 1938 eine Viertelmillion Sowjetbürger*innen aus ethnischen Gründen erschossen wurden, weil Stalin ein Pionier des ethnischen Massenmords gewesen ist, und die Polen waren unter den sowjetischen Nationalitäten die Hauptopfer, voilà, hier hast du deine Geschichte der polnischen Opfer, *na also,* ich tippe: Ein Moskauer NKWD-Chef verstand den Kern des Befehls: Seine Organisation sollte die Polen völlig vernichten. Nach zwanzig Tagen berichtete Jeschow Stalin, es habe in der Polenaktion bereits 23 216 Festnahmen gegeben. Stalin war hocherfreut: »Sehr gut! Grabt diesen polnischen Unrat weiter aus. Vernichtet ihn im Interesse der Sowjetunion.« Ich klappe Bloodlands und auch den Laptop zu, lege die Beine auf den Schreibtisch und nippe an dem kalten Espresso, Unrat, wiederhole ich laut, *Unrat,* wiederholst du, dann schweigen wir beide eine Weile, *möchtest du nicht raus und den Vogel füttern,* ich zucke mit den Schultern, *irgendwann wirst du diesen Wagen verlassen müssen und irgendwann auch den Platz,* wieder zucke ich mit den Schultern, ich war schon draußen auf dem Klo, antworte ich, höre Karls Krächzen, schätze, dass er noch immer vor der Tür steht und wartet, dass er inzwischen wütend ist vor Hunger, dann frage ich mich, wie lange es dauern würde, ließe ich ihn weiter warten, wann wäre der Hunger so groß, dass er weghüpfen und selbständig auf Nahrungssuche gehen würde, weder Gerhild, Jonas noch Henrike sind zu Hause, niemand außer mir hört ihn schreien, wie lange kann ich ihn schreien lassen, wie lange kann ich ihm beim Hungrigsein zusehen, wie lange lässt sich das Mitgefühl von mir fernhalten. *Habt ihr euch in deinem Kollektiv jemals ausgemacht, dass ihr euch um einander kümmert, sollte jemand chronisch erkranken?* Wahrscheinlich nicht, antworte ich, weil niemand davon ausgeht, dass es eine selbst einmal trifft, weil alle bei ihrem Einzug fit genug sind, um dieses Leben zu meistern, den eigenen Wagenausbau, das Wasserschleppen und im Winter das Heizen, die soziale Kompetenz für zwei Plenas im Monat, auf denen das Notwendigste besprochen wird, Ein- und Auszüge und Solipartys, Unrat, denke ich, Krähen sind auch nichts anderes als Unrat, genauso wie Tauben und Ratten, genauso wie Kakerlaken und Zecken, auf den Unrat tritt man, dem Unrat dreht man den Hals um, vergiftet ihn, hungert ihn aus, was ist das überhaupt für ein Begriff, ethnische Säuberung, ich nehme die Beine vom Tisch, stehe auf, gehe drei Schritte bis zur Wagentür, öffne sie, trete hinaus und ziehe die Tür hinter mir zu, setze mich auf die Treppe neben Karl, der vorwurfsfrei auf mein Knie hüpft, um sich von mir streicheln zu lassen, schon hat er mir vergeben, weil Liebe vor dem Hunger kommt, das möchte ich glauben.

Vom Dach der Esse krächzt eine der drei Krähen zu Karl und mir hinunter, und Karl, der auf meiner Schulter sitzt, duckt sich, denn inzwischen sind die drei Krähen zu einer Bedrohung für ihn geworden, schließlich wächst er, sollte eines Tages zu fliegen beginnen, obschon sein kaputter Flügel mich daran zweifeln lässt, dann wäre mein Engelchen eine Gefahr für das Revier der anderen. Hej!, rufe ich, Hej!, springe auf und winke, Karl hüpft noch rechtzeitig von meiner Schulter hinunter, aber die drei fliegen weiter Richtung Wald, wollen nicht unsere Freund*innen werden und ich kehre in den Wagen zurück, um den zweiten Teil meiner Notizen zusammenzuschreiben, mich bis zum Ende des Zweiten Weltkriegs durchzuwühlen, weil meine Gedanken sich heute ungetrübt nebeneinanderreihen lassen und ich keine Furcht verspüre, den Schrecken der Vergangenheit zu begegnen, unserem Trauma, das nachts nach mir schnappt wie ein Schwarm Hammerhaie, wie 1937/38 Sowjets in Leningrad nach Pol*innen schnappten, nur blieben die sowjetischen Morde und Deportationen in diesen Jahren in Europa unbemerkt, und soweit der Große Terror überhaupt wahrgenommen wurde, sah man darin nur Schauprozesse und Säuberungen in Partei und Armee, obwohl der Große Terror eine dritte sowjetische Revolution war, nachdem die Oktoberrevolution ab 1917 einen Regimewechsel gebracht hatte und die Kollektivierung nach 1930 ein neues Wirtschaftssystem, bedeutete der Große Terror von 1937 und 1938 eine geistige Revolution, er wurde von vielen den Jud*innen zur Last gelegt, besonders nachdem sowohl die jüdischen Geheimpolizisten als auch die nationalen Eliten tot waren, im Großen Terror hatte die Sowjetführung doppelt so viele Sowjetbürger*innen ermordet, wie Jud*innen in Deutschland lebten, aber niemand außerhalb der UdSSR, nicht einmal Hitler, schien begriffen zu haben, dass Massenerschießungen dieser Art möglich waren, und du sitzt nicht mehr auf der Couch, auch Karl höre ich nicht mehr und denke, dass er noch einmal weggedöst sein muss, also greife ich zur Ablenkung nach dem Smartphone, aber es ist keine Nachricht von Estha auf dem Screen, weil sie in ihrem Urlaub auf mich und die Krankheit und Karl vergessen hat, weil es im Urlaub keine Krankheiten gibt, nur Sonne und Strand und Frau und Hund, und als Polen den Pakt sowohl mit Hitler als auch mit Stalin verweigert hatte, freundeten sich stattdessen die beiden an, Molotow und Ribbentrop schlossen einen Pakt, und am 1. September 1939 griff die Wehrmacht Polen von Norden, Westen und Süden an, am 17. September 1939 marschierte die Rote Armee in Polen ein, sie traf sich mit der Wehrmacht in der Mitte und es gab eine gemeinsame Siegesparade, elf Tage später wurden in einem zweiten Vertrag die Grenzen festgelegt und Hitler wählte ebenso wie Stalin die Polen als Objekt seiner ersten großen ethnischen Mordkampagne.

Polen kämpfte allein, sage ich, während wir gemeinsam über den Platz schlendern, den krächzenden Vogel im Schlepptau, *und? meldet sich deine jüdische Freundin immer noch nicht,* nein, sage ich, und dass sie Estha heißt und bald auch nicht mehr meine Freundin sein wird, weil ich ohnehin allein sterben werde und Karl könnte mich dann als Nahrung verwerten, was mir sehr sinnvoll erscheint, im letzten Schritt noch Nahrung für andere Lebewesen zu sein, *und diese Tanja, was ist mit der? Wohnt sie nicht eine Straße weiter,* ich antworte nicht, ich möchte nicht mehr an andere Menschen denken, ich will nur noch Karl vor Augen und dich im Ohr haben, und sehe trotzdem Estha vor mir, wie sie Hand in Hand mit ihrer Frau einen norwegischen Sandstrand entlang spaziert, vor ihnen läuft der Border Collie Hooks, ein Auge blau, das andere gelb, sonst ist der Strand leer, hinter ihnen türmen sich schwarze Gesteinsbrocken zu einem Berg, am 6. Oktober 1939 waren die Kämpfe vorbei und Polen hatte aufgehört zu existieren. Ich spüre Tränen auf meinen Wangen, wische sie weg und widme mich wieder den Notizen, den Fakten, dem Ende der Freundschaft zwischen Hitler und Stalin, als Hitler 1941 den Pakt brach und die Sowjetunion in drei Monaten, über einen kurzen Sommer, erobern wollte, ich lache, es ist das erste Lachen des Tages, die Vorstellung, dass die Wehrmacht in Sommeruniformen gegen Russland loszieht, der nasse Herbst, der sich langsam durch die Baumwolle gräbt, und auf der anderen Seite Stalins Erstaunen, der Stratege, der es nicht vorhergesehen hat, dass jemand eine für beide Seiten lukrative Freundschaft hinschmeißt, wehmütig blickte er auf die 200 000 ermordeten polnischen Bürger*innen und die Million deportierter Pol*innen, die noch in Gulags oder KZs arbeiteten und alsbald an Hunger und Krankheiten sterben würden, hätten er und Hitler weiter zusammengearbeitet, sie hätten sowohl das Polen- als auch das Judenproblem gemeinsam lösen können, und nur weil Hitler stur seinen Weg gehen wollte, würde der Krieg dann bis 1945 dauern, es fielen zehn Millionen Soldaten, ebenso viele Zivilist*innen starben auf der Flucht vor Bombenangriffen, durch Hunger und Krankheiten, es war die dritte Phase des Kriegs, ich setze mich auf die Stufen vor der Esse, in Hitlers Zukunftsvisionen sollte sich im Osten ein ähnlicher Vorgang wiederholen wie bei der Eroberung Amerikas. Deutschland würde mit den Slawen ähnlich verfahren wie die Nordamerikaner mit den Indigenen, weil es keine Idee gibt, die aus sich selbst heraus entsteht, und am 22. Juni 1941 überschritten drei Heeresgruppen die Molotow-Ribbentrop-Linie und marschierten im Baltikum, in Weißrussland und in der Ukraine ein, um Leningrad, Moskau und den Kaukasus zu erreichen, das war die größte Offensive der Weltgeschichte, aber der Blitzsieg blieb aus, und schließlich musste die Wehrmacht kapitulieren und während in westlichen Wikipedia-Einträgen von der Befreiung durch die Rote Armee geschrieben wird, verwandelte sich in Polen die Befreiung zu einer erneuten Besatzung, nachdem Stalin von August bis Oktober 1944 dabei zusah, wie Hitler Warszawa unter die Erde stampfte, wie ein Hohn standen die Sowjetpanzer auf der anderen Seite der Weichsel, schließlich kapitulierte Deutschland am 7. Mai 1945 und der Krieg in Europa war zu Ende, aber du warst noch immer im Widerstand, noch immer in der Armia Krajowa, bis du und dein Bruder 1945 festgenommen wurdet, *bis mein Bruder und ich 1945 festgenommen wurden,* Estha und ihre Frau verlassen den Sandstrand und kehren in ein kleines Café ein, bestellen heiße Schokolade mit Schlagobers, obwohl es nicht kalt ist, aber weil sie sich wie Kinder fühlen, und Hooks sitzt unter dem Tisch, ich sitze auf dem Wagenplatz mit Karl auf dem Knie und der Zweite Weltkrieg in Europa ist zu Ende, sechs Millionen Jüd*innen wurden getötet, das sind mehr Menschen, als 1945 in der Schweiz gelebt haben, und beinahe so viele wie in Österreich, ein ganzes Menschenland, schreibe ich in eine SMS an Estha, ohne sie abzuschicken, überhaupt möchte ich ihr keine SMS mehr schreiben, drehe die Kamera auf mich und Karl und mache ein Selfie, noch eines und noch eines, betrachte die Fotos, meine großen Augen in meinem schmalen Gesicht, lange Haare, Strähnen an den Seiten, ein selbstgeschnittener Pony, dünne Lippen, rissige Haut, ich lege einen Filter darüber, wechsle schließlich doch auf Schwarz-Weiß, *jetzt siehst du aus, als würdest du in der Grube liegen*, haha, antworte ich und muss wirklich lachen, haha, in der Grube.

1942 hatte die Armia Krajowa London und Washington über die Deportationen aus dem Warschauer Ghetto und den Massenmord an Jüd*innen in Treblinka informiert. Pol*innen wie Jüd*innen hatten fälschlich geglaubt, die Deportationen würden aufhören, wenn sie öffentlich bekannt würden. Sowohl der Präsident der polnischen Exilregierung in London als auch der polnische Botschafter beim Vatikan drängten den Papst umsonst, sich zum Massenmord an Jüd*innen zu äußern. Unter den Westalliierten ergriffen nur Pol*innen direkte Maßnahmen zur Verhinderung des Jüd*innenmords. Am 4. Mai während des Ghettoaufstandes veröffentlichte der polnische Exil-Premierminister Władysław Sikorski einen Appell: Ich bitte meine Landsleute, denen, die ermordet werden sollen, alle Hilfe und Zuflucht zu geben, und zugleich verurteile ich diese Verbrechen vor der ganzen Menschheit, die zu lange geschwiegen hat. Ich merke mit einem Blick auf mein Smartphone, dass es Zeit wird, nach dem Vogel zu sehen, dass uns die Vorräte ausgehen und ich einkaufen sollte, weil niemand sonst mehr für uns einkaufen wird, weil wir bereits vergessen sind, obwohl Karl im Käfig von einem Ast zum nächsten hüpft und viel wendiger geworden ist, wüsste eine nicht von dem Flügel, könnte er für einen gesunden Vogel gehalten werden, und sobald ich die Käfigtür öffne, springt mein Prinz hinaus, dreht eine Runde um meinen Wagen, hüpft auf den Gartentisch und schreit nach Nahrung, pickt mit dem Schnabel auf die Aluschüssel ein, die ich über den Teller mit den kleingeschnittenen Hühnerherzen gelegt habe, um sie vor Wespen zu schützen und um Karl ein wenig herauszufordern, damit er lernt, nach Essen zu suchen, es gibt ja nicht viel, das ich zu seiner Erziehung beitragen kann, weshalb ich heute etwas Neues ausprobieren möchte, erkläre ich ihm, während er sein Frühstück verschlingt, er hört mir trotzdem zu, egal womit er beschäftigt ist, sobald ich spreche, spüre ich seine Aufmerksamkeit, ich werde einkaufen gehen und dich nicht in den Käfig sperren, sondern auf einen Ast setzen, für einen Augenblick hält Karl inne und folgt meiner Handbewegung, die auf die kleine Pappel in der Ecke zeigt, dann widmet er sich wieder den Hühnerherzen, und ich suche alles für den Ausflug zum Lidl zusammen, einen Rucksack, die Maske, die mir Henrike noch vor ihrer Abfahrt genäht hat, ziehe Socken und feste Schuhe an, hole die Leiter hinter Gerhilds Wagen hervor und lehne sie gegen die Pappel, und sobald Karl mit dem Frühstück fertig ist, springt er übergangslos auf meinen Handrücken, als wüsste er genau, was jetzt passieren wird, voller Zuversicht sieht er mich an, warm liegen seine Krallen auf meiner Haut, Sprosse für Sprosse arbeite ich mich mit meinen zurückgebildeten Muskeln die Leiter hoch, bis ich ganz oben stehe, die Knie zittern, mein Herz pumpt, pumpt, ich schwitze und strecke den Arm aus, damit Karl bequem auf den dünnen Ast hinüberhüpfen kann, und ohne Aufforderung hüpft er höher, Ast für Ast, je höher und je dünner der Ast, desto sicherer ist er vor der Killerkatze, ich wackle die Leiter hinunter, klappe sie zusammen und lehne sie an Gerhilds Wagen, kurz darauf kommt die Killerkatze durch die Katzenklappe heraus, ich drehe mich um, nehme meinen Rucksack und schleppe mich Schritt für Schritt zum Platzausgang und weiter zum Lidl, einem Ort voller Menschen und Produkte, einer Welt, die ich seit zwei Monaten nicht betreten habe, *das schaffst du, wenn ich drei Jahre Sibirien geschafft habe, schaffst du das auch,* ich lache und nicke und schleppe und kehre mit vollem Rucksack zurück, und als ich das Tor zum Wagenplatz aufstoße, sagst du: *Es gab etwas, das für mich sehr relevant war, womöglich war es der Grund, warum ich als Einziger von uns dreien nach Polen zurückgekehrt bin.* Ich höre, wie hinter mir das Stahltor ins Schloss fällt. *Es war so: Im Gefängnis kam ein Wärter, der hat unsere Zellentür aufgemacht und gefragt: U vas jest' tshasovshik? Das bedeutet: Gibt es bei euch einen Uhrmacher? Hierfür musst du wissen, dass meine Eltern zu Hause in einer Schublade mehrere Uhren aufbewahrten. Aufziehuhren, Taschenuhren, so fünf oder sechs. Die hatten sie noch von den Großeltern. Und ich war ein Kind, das gerne alles auseinandergenommen hat. Natürlich habe ich auch diese Uhren auseinandergenommen und danach wieder zusammengebaut. Aber oft habe ich sie falsch zusammengebaut. Irgendwann fanden es meine Eltern heraus, und ich bekam eine Tracht Prügel. Also flüchtete ich auf den Walnussbaum und dort saß ich wie immer so lange, bis meine Mutter kam und flehte: Ach, komm schon runter, Zygmuś. Wir werden dich nicht schlagen.* Du lachst, und als ich nicht mitlache, zuckst du mit den Schultern. *Der Wärter kam also herein und fragte, ob es einen Uhrmacher gibt. Ich meldete mich sofort. Denn ich dachte: Dann komme ich wenigstens kurz aus dieser stinkenden Zelle heraus. Der Wärter und ich verließen die Zelle und er nahm mich mit in seine Kammer. Jeder Wärter hatte so eine kleine Kammer und auf jeder Etage gab es einen Wärter. Ich setzte mich an den Tisch und er gab mir zwei Uhren. Du musst wissen, diese alten Uhren hatten so eine Art Haar, um die Balance zu halten, und ich sollte das Haar aus der einen Uhr herausholen und in die andere, in der eines fehlte, einbauen. Hierfür bekam ich einen Schraubenzieher, einen Hammer und eine Zange.* Wieder lachst du und ich, die keine Ahnung von Uhren hat, stelle mir vor, dass es schwierig sein muss, mit so grobem Werkzeug an etwas derart Fragilem herumzubasteln. *Das einzig brauchbare Werkzeug war eine medizinische Pinzette. Trotzdem schaffte ich es, das Haar aus der einen Uhr auszubauen und in die andere zu übertragen, sodass sie funktionierte. Das dauerte eine ganze Weile und war echt nicht einfach. Inzwischen trug der Wärter das Essen aus, und als ich fertig war, durfte ich essen, so viel ich wollte. Und das war viel! Weil dort war der Mensch immer hungrig. Ich habe mich richtig sattgegessen. Hier muss ich noch ergänzen: Wenn die Wärter das Essen austrugen, rührten sie die Suppe beim Austeilen nicht um, sondern schöpften von oben runter. Und oben war nur Wasser. Erst unten kam das Dickflüssige, also Fisolen, Kartoffeln und so. Und als ich dann selbst schon satt war, sagte der Wärter zu mir: Wenn du willst, nimm dir was mit und gib es an welche aus deiner Zelle. Das machte ich. Und als ich damit in die Zelle zurückkam, war ich der Held. Natürlich gab ich als Erstes den Polen, aber dann auch den anderen. Alle bekamen von dem kräftigen Teil der Suppe und riefen, dass ich ein Held sei, weil ich echtes Essen für die ganze Zelle besorgt hatte.* Deine Augen glänzen, und wenn deine Augen glänzen, siehst du wie ein Kind auf einem Rummelplatz aus, mein Vater der Held, der vorgibt, ein Uhrmacher zu sein, und so zu Essen kommt, der vorgibt, ein Uhrmacher zu sein, wäre aber die Reparatur missglückt, was wäre dann gewesen, wenn herausgekommen wäre, dass mein Vater kein Uhrmacher ist, sondern ein 19 Jahre alter Junge, der in Lwów am Polytechnikum studiert, um Ingenieur zu werden, alles andere als ein Uhrmacher, so wie ich keine Ornithologin bin, im Grunde keine Ahnung von Vögeln habe, weil meine einzige Erfahrung die Pflege einer Taube ist, die wir gemeinsam an einem Sonntagnachmittag am Schwedenplatz eingesammelt haben, nach dem Eisessen, zu dem du mich ausgeführt hast, weil es am Schwedenplatz das beste Eis in ganz Wien gibt, und die Taube saß neben mir und hüpfte nicht weg, als ich sie streicheln wollte, und wirkte auch sonst nicht sehr rüstig, weshalb ich sie mitnehmen und gesundpflegen wollte, aber als ich ihr zu Hause mit einer Pinzette eine Brotkrume in den Schnabel schob, erstickte sie daran, und ich weinte und wir begruben sie im Garten und trotzdem wagte ich mich an Karl und rief: Ich! Ich!, wahrscheinlich weil ich sofort begriff, dass es eigentlich Karl war, der mich retten würde, und jetzt krächzt mein kleiner Prinz vom Baum zu mir hinunter, ich halte den Rucksack mit den Lebensmitteln hoch und er beginnt den Abstieg, während mein Herz noch von der Anstrengung pumpt, pumpt, rennt Karl schon mit ausgebreiteten Flügeln auf mich zu.

Manchmal entgleitet mir beim Aufwachen das Menschsein. Rückenmuskeln ziehen die Arme nach hinten, Ellenbogen fahren hoch, die Brust wölbt sich stark nach vorne, Federn stoßen überall schmerzhaft durch die viel zu dicke Haut, überall blutet es, noch bevor die Augenlider sich öffnen, ist es vollbracht und meine Handflächen zeigen nach außen, in die Welt hinaus, ich hüpfe vom Hochbett hinunter, reiße die Wagentür auf in meinem Federkleid und rufe Karl! Karl!, renne zum Käfig und öffne ihn, mir entgegen springt der Vogel, wir riechen beide nach Nachtschweiß und Daune und nach Gegenwart, vorsichtig pickt mein schwarzer Engel in eine meiner vielen Wunden, nimmt schließlich eine der Federn in den Schnabel und zupft sie raus, als wäre es ein Haar, jetzt blutet die Stelle stärker, aber es stört mich nicht, obwohl ich den Schmerz spüre, mit den Lippen umschließe ich die Wunde und sauge an mir, weil ich mein eigenes Kind bin, dieser Körper ist mein Muttertier, mein Schneckenhaus, meine Muschel, meine Hölle und mein Himmel, der einzige, den ich jemals bekommen werde, der Geschmack von Eisen breitet sich in meinem Mund aus, ich schlucke, schlucke weiter, schmecke mich, Karl putzt sich, zieht Feder für Feder durch den Schnabel, ich spucke auf mein Knie, verschmiere die Flüssigkeit, bis ein heller Fleck Haut zum Vorschein kommt, wir sind wilde Tiere, sage ich zu Karl, wir sind wilde Tiere, wir sind dreckig und krank und schwimmen in unserem eigenen Aquarium, so verweilen wir einige

Zeit, weil Zeit an Bedeutung verloren hat, und irgendwann bin ich hungrig und irgendwann Karl auch und wir essen gemeinsam von einem Teller und später scheint die Sonne.

Mein Wagen, ein LKW-Anhänger, mit dem im 20. Jahrhundert Möbel transportiert wurden, hat drei Farben: die ursprünglichen Farben Hellgelb und Hellblau und ein Militärgrün, vor dem ich stehe und wieder Selfies von mir und meinem Schatz schieße, Karl und ich sind fotogen wie der Sonnenuntergang und ergeben zusammen mit dem blau-gelb-grünen Hintergrund eine gelungene Urlaubspostkarte aus dem Aussteigerparadies, also greife ich in die Tomatenstauden vor Gerhilds Wagen, reiße ein paar Früchte ab, denn zum Gießen kommen andere, weil mich niemand gebeten hat, was wohl daran liegt, dass ich selbst keine Beete bearbeite, wende mich zu meinem Wagen und zur davor stehenden Waschschüssel, die ich letzten Frühling mit Erde befüllt und ein paar Samen darin verstreut habe, inzwischen stechen nur noch vertrocknete Halme unidentifizierbarer Gewürzpflanzen heraus, wie war das, als du noch ein Kind warst, frage ich, damals gab es das neue Polen noch keine zehn Jahre, habt ihr zu Hause darüber gesprochen, deine Eltern, haben sie dir erzählt, wie es sich unter österreichischer Herrschaft in Galizien gelebt hat, *sie haben nie über ihre Kindheit gesprochen, aber Vater war im Ersten Weltkrieg Soldat*, das heißt, dass er für Österreich kämpfen musste, *genau*, aber auf russischer Seite haben auch Polen gekämpft, *richtig*, und wie wurde dieses Problem gelöst, du schweigst, haben dann etwa Polen auf Polen geschossen, frage ich und versuche mir vorzustellen, wie das wäre, auf eine andere Lesbe schießen zu müssen, *es wurde in die Luft geschossen! Schießen musste man ja, damit es die österreichischen oder die russischen Befehlshaber nicht merkten. Weil sonst ...* ja, logisch, murmle ich und beiße in die reife Tomate, *mein Vater war 1893er Jahrgang und meine Mutter 1897, sie waren 21 beziehungsweise 17 Jahre alt, als der Erste Weltkrieg ausbrach*, und wo haben sie sich kennengelernt, *auf irgendeiner polnisch-nationalen Versammlung. Damals waren alle Patrioten*, ich sehe dich im Walnussbaum im Garten deiner Eltern, *es war ein sehr schöner und alter Walnussbaum*, und er steht im Sommersonnenlicht voller Grün inmitten einer saftigen Wiese, nie denke ich an Winter, wenn ich an deine Kindheit denke, der Winter, das ist Sibirien. *Aber es war Frühjahr 1945, als wir in Lwów verhaftet wurden.* Ich setze mich vor den Laptop und drücke auf Play. *Schon im Zug nach Lwów, auf dem Weg zurück aus Sambor, wo ich die Eltern besucht und Lebensmittel eingekauft hatte, ahnte ich, dass uns die Festnahme drohte. In Lwów teilten sich Zdzich, Podgórski, ein Freund von Podgórski, dessen Namen ich vergessen habe, und ich eine Wohnung. Wir studierten dort am Polytechnikum. Trotz des Unbehagens steuerte ich unsere Wohnung an. Zdzichs Verlobte Zuzanna wohnte mit ihrer Familie im Stockwerk über uns. Sie passte mich im Stiegenhaus ab. »Zygmunt«, flüsterte sie, »Komm schnell rauf! Sie haben Zdzich verhaftet und zwei Tage in eurer Wohnung gewartet und jeden festgenommen, der hineinging. Auch Podgórskis Freund.« Es war reines Glück, dass sie genau zu dem Zeitpunkt, als ich ankam, weg waren. Zuzannas Familie brachte mich über den Hinterausgang hinaus und ich schlief einige Nächte mal in der Kirche, mal im Wald, mal nahm mich ein Mädchen mit zu sich nach Hause. Schließlich wollte ich keine Bekannten oder Freunde in Schwierigkeiten bringen. Es stand außer Frage, nachdem sie Zdzich und Podgórskis Freund verhaftet hatten, dass auch mir die Festnahme drohte.* Ich schaue aus dem Fenster vor meinem Schreibtisch, von dem aus ich die Zwischenmauer, Karls verlassenen Käfig, die dicke Pappel und einen Erdhaufen sehe, höre Karls Gekrächze und versuche es zu orten, um einzuschätzen, ob es von oben oder unten kommt, ob ich noch Zeit für ein weiteres Stück Aufnahme habe oder mich besser gleich meinem ungeduldigen Engelchen widme, *72 Kilometer, das bin ich immer gefahren,* während ich mich mit 16 Jahren mit meinem Coming-out quälte, spähtest du im selben Alter benachbarte Dörfer nach feindlichen Gruppen aus und fuhrst Briefe von Sambor nach Lwów auf einem Klapprad, und erstaunlicherweise sitzt Karl weder auf der Treppe vor meinem Wagen noch auf der Liegestuhllehne, das Gekrächze kommt von weiter weg, weshalb ich mich auf die Suche begebe und den kleinen Dschungel betrete, mir mit einem Stock den Weg durch die Brennnesseln bahne, weil meine Beine nackt sind, es ist heiß und was macht Karl überhaupt im Dschungel, hier hat er nichts verloren, der Wind wirbelt die staubige Erde in meine

Nase, ich niese, ich schnappe nach Luft, *soll ich weiter erzählen*, erzähl, antworte ich und rücke die Kopfhörer zurecht, ziehe das T-Shirt über Mund und Nase, *in Lwów gab es eine Garnisonskirche. Das ist eine Kirche für Soldaten. Dort sollte am Sonntag eine Messe für Zdzich gelesen werden, für seine Freilassung wollte man beten, und natürlich ging ich hin. Es war auch mein Mädchen Urszula Sostrożnik dort und auch Podgórski sollte mit seinem Mädchen hinkommen. Allerdings kam Podgórski mit seinem Mädchen und zwei Männern, die ich nicht kannte und die er mir und Urszula als Mitglieder der AK, der Armia Krajowa, vorstellte. Er meinte, dass diese Männer uns nach Polen hinüberbringen würden. Wir befanden uns ja auf russischem Boden,* endlich entdecke ich Karl, der auf der obersten Sprosse des Holzzauns der Hundekita sitzt, auch wenn ihm von den Hunden keine Gefahr droht, ist der Zaun doch niedrig genug für einen Katzensprung, und obwohl Karl inzwischen ein wenig herumflattert, wäre er noch nicht imstande, sich aus einer Gefahrenlage emporzuschwingen, *hörst du mir zu?,* ich höre dir zu, *wir sitzen also alle in der Messe, ich, Urszula, Podgórski mit seinem Mädchen und die zwei Unbekannten aus der AK, und singen »Boże coś Polske«. Weißt du, was das für ein Lied ist?,* ich schüttle den Kopf, *das ist ein katholisches Nationallied und es endet mit: gib uns ein freies Vaterland oder so,* keine Sorge, sage ich, das kann ich später recherchieren, dann biete ich Karl meinen Zeigefinger an, damit wir gemeinsam zur Betonplatte gehen, aber mein Engel dreht das Köpfchen zur Seite und ich frage mich, ob ich etwas falsch gemacht, ob ich Karl verärgert habe, *nach der Messe verlassen wir alle sechs gemeinsam die Kirche und laufen als Gruppe die Promenade entlang und die zwei AKler meinen, dass sie uns morgen nach Polen bringen können. Der Treffpunkt ist bereits ausgemacht. »Von dem Treffpunkt holen wir euch ab und bringen euch nach Polen. Dort seid ihr dann sicher.« Das haben sie behauptet. Aber ich widerspreche und möchte, dass sie uns sofort nach Polen bringen. Ich sage: »Unsere Stunden hier sind gezählt.« Das war mir völlig klar. Wir spazieren also weiter, es ist ja Sonntag und relativ warm, auf der Ulica Akademicka in Lwów, eine Promenade, alle anderen spazieren dort auch, schön angezogen und so. Und dann treten plötzlich vier Männer von allen Seiten an uns heran: »Macht keinen Lärm, sonst werden wir schießen. Ihr seid verhaftet.« Sie stellen uns in Paaren auf: Podgórski und sein Mädchen, ich und einer der AKler und im dritten Paar mein Mädchen und der andere AKler. Ich habe immer geschworen, dass sie mich lebendig nicht zu fassen kriegen. Ja się nie dam wziąć żywcem. Das war meine innere Überzeugung. Weshalb ich mich zu dem AKler drehe und flüstere: »Wir müssen fliehen. Jeder in seine Richtung. Auf mein Zeichen.« Ich dachte, dass die Akademicka so voller Menschen war, dass sie nicht schießen würden. Aber der AKler antwortet mir: »Ich kenne Sie nicht.« Er sagt: »Mein Herr, ich kenne Sie nicht.«* Ich wäge ab, ob ich meinen

Schatz zwingen soll, den Dschungel mit mir zu verlassen, ich wäge den Wind, die Sonne, mögliche andere Tiere und meine Angst ab und schätze, dass es für Raubtiere zu warm ist, um sich der Jagd zu widmen, dass ich Karl also ein wenig Autonomie gönnen kann, trotzdem bringe ich kurz darauf Wasser und ein paar Hühnerherzen vorbei, *erst Jahre später, in Wirklichkeit erst vor Kurzem habe ich überlegt, dass die beiden AKler wahrscheinlich Spitzel gewesen sind. Warum wollte der eine nicht fliehen? Und auch später gab es von den beiden keine Spur, weder in der Untersuchungshaft noch beim Prozess oder danach im Gefängnis. Ich habe nie wieder etwas von ihnen gesehen oder gehört. Podgórski und ich wurden verhaftet und eingesperrt, die zwei Frauen freigelassen. Aber von den zwei AKlern keine Spur. Und überhaupt. Woher hatten die russischen Polizisten gewusst, dass wir dort sein würden? Sie waren zielstrebig auf uns zugekommen. Deshalb denke ich heute, dass die zwei AKler womöglich vor uns festgenommen worden sind und dann einen Deal gemacht haben. Dass sie uns ausgeliefert haben.* Hast du mal mit Podgórski darüber gesprochen, frage ich, aber du antwortest nicht, ist Podgórski tot, *ja, er ist im Gulag gestorben so wie Zdzich. Nachdem sie uns aus dem Gefängnis ins Verteilungslager gebracht hatten, haben sie Podgórski und Zdzich in den Transport nach Kamczatka gesteckt. Aber was mich heute beschäftigt, ist, warum dieser eine AKler nicht weglaufen wollte. Es war völlig klar, dass die Polizisten nicht in die Masse hineingeschossen hätten. Jetzt! Wir fliehen! Jeder in seine Richtung! Das war eine dichte Menschenmasse. Man hätte fliehen können. Das sind heute meine Überlegungen und das ist mein Verdacht. Und außerdem: Warum waren die zwei AKler, wenn es denn welche waren, nicht mit uns in Untersuchungshaft? Der Freund von Podgórski, der tatsächlich mit nichts etwas zu tun hatte, den haben sie festgenommen und nach Kamczatka geschickt. Aber die beiden? Einfach verschwunden.* Sowohl Hühnerherzen als auch Wasser lehnt Karl ab, bleibt stur an die Holzlatte geklemmt, als wolle er mir damit etwas beweisen, weshalb ich die Brennnesseln am Rand des Zauns zusammenstampfe und mich unter mein schwarzes Engelchen auf den Boden setze, den Rücken gegen den Zaun lehne, was wäre, würde plötzlich mein krampfendes Herz zu schlagen aufhören, wann würde mich jemand finden, alle sind ausgeflogen. *Weißt du?* Hm. *Ich meine, es wäre denkbar, diesen Fall nochmals aufzurollen. In der Armia Krajowa meine ich. Es gibt Dokumente. Die wissen doch, wann wir verhaftet wurden. Wir waren ja in der AK.* Ich lausche meinem Herzschlag, dem müden Atem und erinnere mich an den Tag, als der Oberarzt in Wien gesagt hat: Wenn Ihr Vater in Polen sterben möchte, muss er jetzt fliegen, und ich den Krankentransport vom Spital auf der Baumgartner Höhe zum Flughafen organisierte. Da der Lungenkrebs etliche Metastasen an der Wirbelsäule gebildet hatte, bestand akute Gefahr von Querschnittslähmung, du saßest auf einer Bank vor der Onkologie und ließt dich von der Septembersonne wärmen, dann bekamst du einen Hustenanfall und spucktest auf den Asphalt, es war Blut in der Spucke, und ich begriff, dass uns weniger als Wochen blieben.

Irgendwann lässt Karl sich doch überreden und steigt auf meinen Finger und wir sitzen im Liegestuhl vor dem Wagen, ich füttere oder streichle ihn, erfinde Suchspiele, drehe kurze Filme, so vergehen die Stunden, und wenn der kaputte Flügel heilt, wird er mich verlassen, ganz Vogel werden und angemessene Freunde finden, also lege ich den Kopf auf den Gartentisch, betrachte Karls Schnabel von unten, er murmelt etwas und kämmt mir die Stirnfransen aus den Augen, *hast du keine Angst*, nie, antworte ich, nie hege ich den Verdacht, Karl könnte mich willentlich verletzen, für einen Unfall ist er zu achtsam, lediglich, wenn er in Bedrängnis geriete, dann vielleicht, alles an Karl ist weich und wohlwollend, *als ich ein Kind war, hatten wir einen Schäferhund, der Reks hieß und Männchen machte*, du hattest einen Hund, *ja, und er machte Männchen. Wenn ich sagte: Reks! Gehorche!, dann setzte er sich auf die Hinterpfoten, richtete sich auf und zog die Vorderpfoten an die Brust*, davon hast du nie erzählt, *so war es*, ich möchte mehr wissen, über deine Eltern, deine Kindheit, wurde in Galizien Deutsch gesprochen, *nein, nur auf den Ämtern, sonst wurde Polnisch gesprochen*, habt ihr Deutsch in der Schule gelernt, *in der Grundschule nicht, erst auf dem Gimnazjum. Es gab sechs Jahre Grundschule, vier Jahre Gimnazjum und zwei Jahre Liceum. Insgesamt zwölf Schuljahre und dann Matura*. Und deine Eltern haben wirklich nie über den Ersten Weltkrieg und die Zeit davor erzählt? Das war doch eine große Sache. *Ja, eigentlich schon. Während des*

Ersten Weltkriegs geriet mein Vater in ukrainische Kriegsgefangenschaft und wurde ins Landesinnere verschleppt. Nach dem Ersten Weltkrieg kam er frei, hat meine Mutter geheiratet und bei der Polnischen Eisenbahn Polskie Linie Kolejowe zu arbeiten begonnen. Er war Direktor der Zweigstelle in Sambor. Das war eine recht große Stadt, in etwa so wie Piaseczno. Und dort war die Bevölkerungsmehrheit polnisch? *Ja, ja. Polnisch.* Und wo haben die Ukrainer*innen gelebt? *Die lebten hauptsächlich am Land. Es gab ukrainische und polnische Dörfer,* und die Amtssprache? *Polnisch.* Wie war das Verhältnis zwischen katholischen und jüdischen Pol*innen? *In der Straße, in der ich wohnte, lebte im Haus gegenüber eine jüdische Familie und ein Stück weiter unten in derselben Straße gab es eine Bożnica. Weißt du, was das ist?* Eine Art Synagoge? *Ja, ein Gebetshaus. Und das hat niemanden gestört.* Und als in den 1930er Jahren Hitler in Deutschland Aufwind bekam? Du schweigst und Karl hüpft vom Gartentisch hinunter, weiter Richtung Wasserpfütze, wohin ihm meine Blicke wachsam folgen. *Anfangs wurde das nicht besonders beachtet. Es wurde über Nazis gesprochen und dass Hitler an die Macht kommen würde, aber bei uns herrschte auch ein Nationalismus. Piłsudski war ein Führer. So, wie es in Deutschland Hitler gab, hatten wir Piłsudski, mit dem Unterschied, dass Piłsudski starb und kein zweiter Piłsudski nachkam.* Und was haben die Menschen erwartet, dass er macht? Sollte er Polen vergrößern? *Jaaaa. Denn vor der Teilung Polens gehör-*

ten die Ukraine, Belarus und Litauen zu Polen. Aber das war doch schon 150 Jahre her, *na und? Das wollte er. Nur wollten das weder Russland noch der Völkerbund. Der Völkerbund bestimmte damals, dass sich jedes Volk seinen eigenen Staat schaffen soll, und so entstand Litauen als eigener Staat und Belarus schloss sich der Sowjetunion an,* und deine Eltern? Was wollten die?, *natürlich ein größeres Polen. So war auch der allgemeine Tenor: Polen ist groß und mächtig und soll überhaupt ein Imperium werden. Aber dann kamen Hitler und Stalin und gemeinsam haben sie Polen zerstört.* Nachdem sich Karl gewaschen hat, versucht er, eine Walnuss zu knacken, pickt mit dem Schnabel aussichtslos darauf herum, sodass ich aufstehe, meinem Engel zu Hilfe eile und die Walnuss zertrete, *Lenin wollte 1920 Polen besetzen und daraus die nächste sowjetische Republik machen. Aber in der großen Schlacht von Warszawa haben wir gewonnen. Das war eine sehr lange Schlacht. Die hat nicht nur einen Tag gedauert. Und hätten wir diese Schlacht verloren, dann wären die Russen auch in Deutschland einmarschiert. Damals gab es in Deutschland starke kommunistische Bewegungen. Gut möglich, dass dann ganz Deutschland kommunistisch geworden wäre. Im Grunde hat eigentlich Polen durch den Krieg mit Russland Europa vor dem Kommunismus bewahrt.* Du siehst stolz zu mir herüber. Warum gab es damals so eine Abwehr gegen den Kommunismus, frage ich, es wusste doch noch niemand, wie schlimm das werden würde, *aber wir wollten nicht unter russischer Herrschaft leben. Wir wollten unabhängig sein. Eine Demokratie. Und dann haben wir die Schlacht gewonnen, einen Friedensvertrag mit der Sowjetunion geschlossen und ein gutes Stück von Belarus und der Ukraine zugestanden bekommen, eben Lwów und Drohobyć. Drohobyć war wegen seiner Erdölvorkommen sehr wichtig. Das haben wir erstritten und auf dieser Basis den Friedensvertrag geschlossen. Im Grunde hat Polen Europa gerettet.* Ich klappe den Laptop zu und denke an Hitlers Vernichtungslager, den Holodomor und die Gulags, an Stalins ethnische Säuberungen, an die Polenaktion und an all die Gespräche, die wir nicht mehr geführt haben, und versuche mir vorzustellen, wie die Welt heute aussehen könnte, hätte Polen bei der Schlacht in Warszawa verloren und Russland wäre weiter nach Deutschland und Frankreich marschiert, wenn Hitler nie an die Macht gekommen und ganz Europa Teil der Sowjetunion geworden wäre, ob ich als Lesbe heute ein geheimes Leben führen würde oder mich in einem Gulag zu Tode arbeiten müsste, anstatt mit Karl auf dem Platz verstecken zu spielen, in dem Land, in dem Menschen wie ich heiraten und Kinder adoptieren dürfen, auch wenn es nie eine Sicherheit gibt, wie lange das gilt.

Als ich aufwache, höre ich kein Krächzen, obwohl es weder regnet noch windet, obwohl auf meinem Smartphone beim Antippen 9 Uhr 22 aufblinkt, obwohl ich heute Nacht gut geschlafen habe und mich ohne Atemnot aufrichte, obwohl ich mir jeden Abend vorzustellen versuche, wie es wäre, wenn Karl eines Tages fort sein wird, aber dann schiebe ich den aufkommenden Schmerz beiseite wie eine Katze ihre Totgeburt und stelle einen Kaffee auf, öffne den Laptop und tippe zum ersten Mal Aufziehen von Krähen in die Suchmaschine, bin verwundert darüber, das nicht schon längst getan zu haben, wahrscheinlich schienen mir Jonas' Anweisungen ausreichend oder ich wollte es nicht wissen, nicht erfahren, was ich jetzt in einer Doku sehe und höre, dass Krähen nicht allein aufgezogen werden dürfen, mindestens mit einer anderen Krähe, dass der Käfig aus Holz sein sollte, damit sie sich die zarten Flügelchen an keinem Draht verletzen, dass man als Mensch trotz der Fütterung Abstand wahren muss, damit sich die Tiere, die sehr soziale Wesen sind, nicht zu stark an Menschen binden, weil sonst der Absprung kompliziert und ihr weiteres Leben gefährdet wird, weil die Vögel ihre Scheu vor Menschen verlieren würden und zukünftig Gefahr liefen, verletzt zu werden, schließlich seien nicht alle Menschen Krähen gegenüber wohlwollend eingestellt, ich wische die Doku weg, setze mich mit der Kaffeetasse auf die Treppe vor meinen Wagen und warte, seit einigen Nächten schläft Karl im Baum, am sinnvollsten sei es, meint der Mann in der Doku, das gefundene Küken zu einer Nabu-Stelle zu bringen, dort könne es mit anderen Krähen aufgezogen werden, ich verbrenne mir an dem heißen Kaffee die Lippen, stelle die Tasse in die Spüle und ziehe die Sportschuhe an, schleppe mich los, um den 153 Meter hohen Müllhaufen, auf dem sich ein Wald gebildet hat, zu erklimmen, eines Tages wird mein schwarzer Engel entweder fort sein oder, noch schlimmer, er wird bleiben und jede Nacht im Baum neben meinem Wagen schlafen, in der Früh darauf warten, dass ich aufwache und stundenlang mit ihm spiele, aber sollte ich wider Erwarten genesen und reisen, nach Polen zu meiner Mutter fahren oder zu Estha nach Wien, dann würde Karl auf der Treppe vor meinem Wagen warten und ihm das kleine Engelsherz brechen, der Berg ist nass vom Morgentau und verlassen, ich hechle den asphaltierten Weg hinauf, bleibe mehrmals stehen, um nach Luft zu schnappen, will weinen, aber es kommen keine Tränen, alles leer, ich wünsche mir, dass du es richtest, wie du es immer gerichtet hast, niemand richtet mehr irgendetwas für mich, oben angekommen blicke ich über die Wälder bis zu den Windrädern, für einen Moment bringt die Ferne Erleichterung, wiegt mich wie das Meer den Fisch, dann drehe ich mich um und schleiche zurück zum Platz, keine Krähe weit und breit, ich klappe den Laptop auf, wenn mich schon Karl nicht begrüßt, möchte ich wenigstens deine Stimme hören, *mein Vater war später Mitglied in einer Organisa-*

tion: Sokoły. Kennst du dieses Lied? Hej, tam gdzieś znad Czarnej Wody / Wsiada na koń Kozak młody / Czule żegna się z dziewczyną / Jeszcze czulej z Ukrainą / Hej, hej, hej Sokoły / Omijajcie góry, lasy, doły / Dzwoń, dzwoń, dzwoń dzwoneczku / Mój stepowy skowroneczku … natürlich kenne ich es, behaupte ich, und obgleich ich die meisten polnischen Partisan*innenlieder tatsächlich auswendig kann, habe ich dieses noch nie gehört und frage, was die Agenda dieser Sokoły war, *das Polentum in der Region hochhalten,* und was bedeutet das?, *in der Gegend, in der wir lebten, gab es viele Ukrainer und die Polen wollten dort ein möglichst polnisches Klima schaffen, damit es eben weniger Ukrainer wurden.* Haben die Ukrainer*innen euch denn gestört? *Sie haben uns nicht gestört, wir haben sie gestört, weil sie unabhängig sein wollten, eine unabhängige Ukraine. Das hieß damals Zapadła Ukraina,* stimmt es, dass es während des Zweiten Weltkriegs auch zu Auseinandersetzungen zwischen Pol*innen und Ukrainer*innen kam? *ja, schon vor dem Zweiten Weltkrieg. Die gingen in erster Linie von den Ukrainern aus, denn wir hatten ja eine Armee und konnten immer schnell aufräumen. Viele Chancen hatten die Ukrainer nicht.* Das war also das politische Klima, in dem du aufgewachsen bist? Du nickst nachdenklich. *Ich bin in eine Grundschule gegangen, die wurde Cwiczeniówka genannt. Das war eine Eliteschule. Wir trugen eine spezielle Uniform. Zdzich und ich sind dort zur Schule gegangen. Wir waren auch bei den Pfadfindern, sind auf Lager* *gefahren, zu Treffen und in Sambor, und bei der Parade sind wir gemeinsam mit den Soldaten marschiert.* Als du hustest, siehst du plötzlich sehr müde aus, sodass ich aufstehe und dir ein Glas Wasser bringe und vorschlage, unser Gespräch zu unterbrechen, woraufhin du lächelst, dieser unwiderstehliche Halbmond in deinem Gesicht, du trägst die dünne weiße Mütze aus Merinowolle, weil du das Toupet nur noch anziehst, wenn du hinausgehst, weil du im Haus am liebsten in dem gestreiften Bademantel herumschlurfst, in dem du mir noch Jahre später in meinen Träumen begegnen wirst, dann trinkst du das Glas in einem Zug leer, *keine Pause,* und erzählst weiter, *wie das war, als der Zweite Weltkrieg ausbrach? Man kann sagen, dass wir damals schwache Politiker hatten. Als Hitler den Krieg mit Tschechien anfing, sind wir mit Hitler marschiert und haben uns die Stadt Cieszyn zurückgenommen. Vor dem Ersten Weltkrieg hatte Cieszyn zu Galizien gehört. Durch Cieszyn fließt ein Fluss. Und nach dem Ersten Weltkrieg haben sich die Tschechen eine Flussseite einverleibt. Einfach so. Deshalb haben wir uns, als Hitler in Tschechien einmarschierte, diese Flusshälfte zurückgenommen. Das war nach dem Anschluss von Österreich. Und Hitler war natürlich einverstanden, denn er plante ja ohnehin schon, mit Russland zusammen in Polen einzumarschieren. Und unsere Politiker waren dumm und sich nicht darüber im Klaren, dass wir in einem Krieg gegen die Deutschen keine Chance hatten, noch dazu mit Russland im Rücken.* Und dann? *Als der Krieg anfing, das ging zack, zack. Innerhalb weniger Wochen. Zu uns kamen Teile der Familie, die aus Kraków flüchten mussten, über Rumänien und dann in den Westen. Es begann eine Fluchtbewegung aus ganz Polen.* Ich meine draußen ein Krächzen zu hören, tippe auf Stopp und stoße die Wagentür auf, um meinen Engel freudig auf dem Gartentisch sitzen zu sehen, *na also!,* ich nicke, dein Husten hallt noch in mir nach und ich spüre den Druck auf meinem Brustkorb, *solltest du nicht endlich zu einem Arzt,* wahrscheinlich, inzwischen wäre ich kräftig genug, zu der Hausärztin zu laufen und mir den negativen Test zu besorgen, ohne den nimmt Sie kein Lungenarzt in die Praxis, meinte die Hausärztin am Telefon, machte aber keine Anstalten, bei mir vorbeizukommen, Karl hüpft vom Gartentisch hinunter und auf mich zu, wackelt mit den Flügeln, eine Bewegung, die er von mir übernommen hat, weil ich ständig mit beiden Händen zu ihm in den Baum hochwinke, hat er begonnen zurückzuwinken.

1939 marschierten die Deutschen Truppen zuerst von Süden, über Ungarn, in Polen ein. Auch in Sambor. Das war nur kurz, weil es bereits das Abkommen zwischen Hitler und Stalin gab, dass Sambor und die Zapadła Ukraina zusammen mit Lwów an die Sowjetunion übergehen, also an die sowjetische Ukraine angegliedert würden. Und wie lange waren die Deutschen bei euch? *Wirklich nur ein paar Tage. Sie kamen und gingen. Aber gleich zu Beginn des Krieges organisierten sich in Sambor und Lwów Partisanenverbände der Heimatarmee, die Armia Krajowa.* Die entstanden in ganz Polen. *Ja, in ganz Polen. Und Zdzich war in Sambor sehr engagiert. Er war Teil der Gründungs- und Führungsspitze. Ich war erst 13 Jahre alt, ich habe nur Sachen abgeholt und gebracht. Aber in der Zeit zwischen den Deutschen und den Deutschen, als die Russen hier waren, also knappe drei Jahre, während denen ging ich ganz normal zur Schule. Auch Zdzich, der maturierte sogar. Wenn es irgendetwas zu überbringen gab, dann bin ich gefahren. Meistens wusste ich nicht, was ich transportierte, aber weil ich noch so jung war, hat mich niemand beachtet.* Hattest du keine Angst? *Natürlich. Wenn man mich erwischt hätte. Aber was sollte ich tun?* Du hättest auch nichts tun können, einfach zur Schule gehen und warten, was passiert, du lachst, ohne es zu kommentieren, und heute höre ich dein Lachen, wenn ich mich selbst lachen höre, wenn ich Schwieriges mit Humor nacherzähle, dann lache ich, so wie du gelacht hast, wenn du über den

Krieg und Sibirien gesprochen hast, und ich spüre, dass alles, was einmal von Liebe durchdrungen war, nicht vergeht. *Es gab ukrainische Banden, die hießen UPA Ukrajinska Powstanska Armija, Ukrainische Aufständische Armee, und eine meiner Aufgaben war es, herauszufinden, wer zu dieser UPA gehörte und wo sie sich trafen. Ich sprach fließend Ukrainisch, weil ich in der Schule Ukrainisch gelernt hatte, und die AK schickte natürlich mich, weil ich als Knabe so unauffällig war. Ich sollte über die Dörfer fahren und vorgeben, ich sei ein Ukrainer. Was ich auch tat und von Dorf zu Dorf fuhr und herauszufinden versuchte, in welchen Dörfern pro-polnische Ukrainer lebten und wo die Unterstützer der UPA. Bei den Lagerfeuern, bei denen ich mit den anderen Ukrainern zusammensaß, versuchte ich so wenig wie möglich zu sprechen, damit niemand merkte, dass ich doch kein Ukrainer war. Deshalb stieß ich meistens nur kurze Worte raus: Da. Da. Harascho. Und ab und zu ein paar typisch ukrainische Redewendungen. Zur Tarnung. Tatsächlich schöpfte nie jemand Verdacht. Insgesamt wurde ich sieben oder acht Mal losgeschickt. Auf diesem Weg bekamen wir einen Überblick, wie viele UPA-Banden es gab. Sobald ich meine Informationen weitergeleitet hatte, fiel die AK in besagte Dörfer ein und machte sie platt. Manchmal wurden auch ganze Dörfer zerschossen. Die Ukrainer haben genauso wie wir sowohl gegen die Deutschen als auch gegen die Russen gekämpft und zusätzlich noch gegen uns.* Wie sinnlos, werfe ich ein. *Wie bitte? Ja, irgendwie schon.* Wäre es nicht besser gewesen, sich zu verbünden? *Wahrscheinlich.* Und was hat Zdzich gemacht? *Der war inzwischen Teil der Führungsspitze der AK in Lwów und hat nur Befehle gegeben und die Zeitung mitherausgebracht. Artikel verfasst hat er auch. Im Grunde war er für den publizistischen Teil zuständig.* Wo habt ihr diese Zeitung damals gedruckt? *Die wurde nicht gedruckt. Sie wurde auf Maschine geschrieben und kopiert. Mit Durchschlagpapier. Und ich erinnere mich, dass Zdzich für die Kopien nach Przemyśl fuhr, weil das zu Polen gehörte. Dort wurde kopiert und dann in die gesamte Gegend ausgefahren.* Bist du bei diesen Angriffen auf UPA-Dörfer auch mitgefahren? *Nein, dafür war ich zu jung. Ich war Kurier und Auskundschafter. Aber zwei Mal war ich bei Angriffen auf Deutsche dabei.* Erzähl! *Wir wollten ihre Waffen und beide Male übergaben sie uns die Waffen und liefen davon, weil sie Angst hatten, erschossen zu werden. Besonders mutig waren die nicht,* während du erzählst, packe ich mich für den langen Weg zur Hausärztin zusammen, um endlich einen negativen Test zu bekommen und dann einen Termin beim Pneumologen, weil weder die Atmung tiefer wird noch der Druck auf den Brustkorb nachlässt, Karl hebe ich auf einen hohen Ast seines Lieblingsbaums, deine Lunge war das Organ, das dich als erstes betrogen und sich dem Krebs ergeben hat, du nickst, ich erinnere mich noch genau, wann mir klar wurde, dass es irgendwann die Lunge sein würde, die dich umbringen wird, noch Jahre vor dem Krebs, als ich 26 war und du für ein paar Tage nach Wien kamst, wahrscheinlich geschäftlich, besuchte ich dich, du sahst sehr heruntergekommen aus, Fieber hattest du auch und dein Atem ging schwer, sodass ich vorschlug, dich ins Krankenhaus zu fahren, aber du wolltest nicht, dachtest, dass es von selbst wieder vorbeigehen würde, also fuhr ich auf eine Party und blieb bis in die Morgenstunden, weshalb ich deinen Anruf um vier in der Früh überhaupt hörte und zu dir zurückfuhr, dich ins Auto packte und in das nächste Krankenhaus brachte, wo du binnen weniger Minuten auf der Intensivstation lagst, weil deine Lungen voller Wasser waren, und ich erst in diesem Moment, in dem mehrere Krankenschwestern dich hektisch auf ein Bett legten und mit dir wegfuhren, begriff, dass du gestorben wärst, hätte ich den Anruf nicht gehört, wäre ich nicht zurückgekommen und hätte dich nicht in die Notaufnahme gebracht, weil das Leben ein Spinnennetz ist, es wirkt robust, aber kaum fährst du mit den Fingern durch, hängen die Fäden lose in der Luft und bis zu der Hausärztin sind es 1,4 Kilometer, die ich früher in zwanzig Minuten gelaufen bin, nur benötige ich heute dafür mehr als eine Stunde, warum habt ihr die Deutschen, die ihr entwaffnet habt, nicht gleich erschossen, frage ich, *weil die Deutschen für einen Toten hundert Polen erschießen ließen und es uns in erster Linie um die Waffen ging. Es war ohnehin schwierig. Die waren selten allein unterwegs. Immer in Gruppen. Es gibt noch eine Sache, die ist sehr interessant. Als die Deutschen zum zweiten Mal kamen, begann die massenhafte Vernichtung der Juden.* Während meines VWL-Studiums habe ich für den Allgemeinen Entschädigungsfonds und den Nationalfonds gearbeitet, werfe ich ein, und ein Jahr lang habe ich dafür im Österreichischen Staatsarchiv arisierte Betriebe digitalisiert, ein Jahr lang, in dem ich als Freie Dienstnehmerin nicht durchgehend, aber häufig vierzig Wochenstunden gearbeitet habe, konnte ich einen Betrieb nach dem anderen in die Datenmaske tippen, stell dir vor, wie viele Betriebe das gewesen sein müssen, dabei war das nur Österreich, du nickst und erzählst weiter, *zuerst haben sie die Juden in Sambor in ein Ghetto zusammengepfercht. In der Gegend, in der unser Haus stand, wohnten viele Juden. Und unser Haus wurde in das Ghetto eingerechnet. Eines Tages kam ein Jude aus einem anderen Viertel und fragte, ob wir tauschen wollten: »Ich besitze ein Haus in einem Arierviertel. Wollt ihr tauschen?« Also haben wir getauscht. Aber das hat nicht viel gebracht. Ein oder zwei Monate später wurde das Ghetto verkleinert und schließlich gab es nur noch ein Lager im Wald, in das alle Juden gebracht wurden. Und in diesem Lager haben die Juden einen Aufstand organisiert. Sie wussten, dass sie im Wald schließlich von den Deutschen erschossen werden würden. Deshalb gab es den Aufstand und wir aus der AK haben sie mit Waffenlieferungen unterstützt.* Warum habt ihr euch dem Aufstand nicht angeschlossen? *Weil wir keine Chance hatten. Bei den*

Juden war klar: Wenn sie kämpfen, werden sie wenigstens ein paar Deutsche erschießen. Sterben werden sie ohnehin. Hätten wir uns angeschlossen, wären wir auch nur getötet worden, weil die Chance zu gewinnen bestand grundsätzlich nicht. Aber die Waffen haben wir umsonst zur Verfügung gestellt. Ich bin angekommen und nehme die Kopfhörer von den Ohren, trete in den Warteraum meiner Hausärztin, der mäßig besetzt ist, alle tragen, wenn auch halbherzig lose, irgendwelche Stoffmasken, jeder zweite Stuhl bleibt frei, um den Bereich der Arzthelferinnen wurde eine Wand aus Plexiglas montiert, auf die ich zusteuere und verkünde, dass ich einen PCR-Test machen wolle, woraufhin man mich sofort wieder hinausschickt, mit dem Versprechen, dass gleich jemand kommen werde, in derselben Praxis wurde ich vor zwei Monaten zuerst auf Influenza A und B positiv getestet und eine Woche später auch Covid-positiv, was so ein Körper aushält, ich warte draußen, das Wetter ist schön, überhaupt ist dieser Sommer üppig, nach geraumer Zeit erscheint eine der Arzthelferinnen in einem weißen Ganzkörperanzug, zusätzlich zur medizinischen Maske hat sie ein Plastikschild vor ihr Gesicht gespannt und wirkt wie eine Soldatin aus Darth Vaders Klonarmee, sie fuchtelt mit dem dünnen Wattestäbchen mit ausgetrecktem Arm vor meiner Nase herum, als wolle sie mit einem Dartpfeil ins Schwarze treffen, ungeduldig nehme ich ihr schließlich den Pfeil aus der Hand, popele damit selbst in meinen Nasenlöchern und reiche ihr das Stäbchen mit ausreichend Sekret zurück, drehe mich grußlos um und laufe nach Hause.

Ich sehe Karl stundenlang dabei zu, wie er mit dem Schnabel Gegenstände auseinandernimmt oder auf etwas einpickt, zum Beispiel mein Smartphone, dessen Bildschirmschutz bereits etliche Sprünge hat, denn mit dem Zerkleinern von Dingen scheint es eine besondere Bewandtnis zu haben, die ich nicht verstehe, und auch das Einüben von bestimmten Bewegungsabläufen gehört zu seinem täglichen Beschäftigungsrepertoire, wenngleich ich nie dachte, dass Tiere von selbst trainieren würden, doch eines Tages zeigt mir mein Engel ein Manöver, bei dem er abwechselnd im Viereck hüpft, dabei zischende Geräusche von sich gibt und die Flügel ausbreitet, als wolle er seine Größe demonstrieren, diese Abfolge mehrmals wiederholt, ohne dass ich die eigentliche Adressatin bin, lediglich zusehen darf ich, woher weiß er um diese Bewegungen, welchem Zweck dienen sie, und wie kommt es zu dem Impuls, sie ohne ein Gegenüber zu üben, im Trockenen, in der Abwesenheit einer Lehrmeisterin, weder Krähen noch andere Vögel haben meinem Waisenkind etwas beigebracht, seine einzige Referenz sind doch die Katzen und ich, und als du dich im Sommer 2009 alleine in den Zug nach Wien gesetzt hast, von etlichen Strahlentherapien und Operationen ausgedünnt, fuhr ich zum Bahnhof und holte dich ab und zog wieder bei dir ein und kümmerte mich, so, wie du es bei deiner Mutter getan hast, so, wie ich es beobachtet habe und später auch bei Freund*innen tat, weil ich es für selbstverständlich hielt und jetzt begreife, dass nichts davon selbstverständlich ist, dass ich mir alles nur eingebildet habe, weil keine Versprechen gemacht worden sind und niemand sich für mich verantwortlich zu fühlen braucht, weshalb ich mir lieber deine Kriegsgeschichte anhöre, als mich mit der Gegenwart zu beschäftigen, und ich streichle Karl zwischen den Flügelansätzen, bevor sich Ungewissheit und Zweifel ihre Plätze zurückerobern, halte ich mich an den Vogel, den Liegestuhl, deine Stimme und den Krieg und sehe, wie die Deutschen 1941 zum zweiten Mal einmarschieren, *da wurde der Widerstand vehementer und wir nahmen Kontakt mit Warszawa auf. Die Führungsspitze der AK saß in Warszawa. Also fuhr ich immer öfter mit Briefen und Sendungen dorthin, auch noch nach Lwów, aber der Großteil der Botengänge fand ab 1941 zwischen Sambor und Warszawa und Kraków und Warszawa statt, und das war keine ungefährliche Aufgabe. Denn es war so, dass von Kraków nach Warszawa immer zusätzlich zu einer Fahrkarte eine Platzkarte gekauft werden musste. Und manchmal gab es keine Platzkarten mehr. Alles ausverkauft. Aber in den Waggons für Deutsche brauchte man keine Platzkarte. Dort genügte die Fahrkarte. Natürlich musstest du Deutscher sein. Ich war meistens gemeinsam mit Kosakiewicz unterwegs, einem Schulfreund, der auch in der AK war. Und einmal war es sehr wichtig, dass ein Brief rechtzeitig in Warszawa ankam, aber es gab keine Platzkarten mehr. Deshalb entschieden wir, dass ich zum Schalter ging und zwei Tickets*

für Deutsche kaufte: Bitte, zwei Mal erste Klasse, habe ich gesagt. Ich dachte, es sei klüger, die erste Klasse zu nehmen, weil es dort am sichersten sein würde. In der zweiten Klasse könnten sie strenger kontrollieren. Das hat auch gut funktioniert. Und nachdem es das eine Mal funktioniert hat, haben wir es danach öfter so gemacht.
Was wäre geschehen, hätte man euch doch kontrolliert?
Man hätte uns erschossen. Daran gab es keine Zweifel.
Ich nicke vor mich hin, wandere mit dem Blick über meinen Wagenplatz, die Esse, das Wohnzimmer in der großen Halle, den Küchenwagen, Henrikes Laster und denke, dass ich erst bei den Anfängen unserer Gespräche bin, noch nicht im Gefängnis oder in Sibirien, und ich betrachte meine rechte Innenhand mit den verzweigten Linien darauf, blinzle, bis sie vor meinen Augen verschwimmen, Karl krächzt mir leise ins Ohr, *so war das damals. Es war gefährlich,* dann hüpft er auf den Tisch und pickt auf den Laptop ein, ich klappe ihn zu und widme mich ganz dem Vogel, weil unsere Zeit kostbar ist. Vorsichtig schiebe ich mein Engelchen von dem Laptop weg, biete ihm stattdessen eine Zeitung zum Zerfleddern an, aber er möchte nicht, also krame ich eine Erdnuss aus der Hosentasche, halbherzig hackt er darauf ein, ohne dann den Inhalt zu verspeisen, schließlich hole ich das Spielzeugauto und stelle es Karl vor den Schnabel, er hebt es auf und schmeißt es vom Tisch, jetzt fällt mir auch nichts mehr ein und ich sitze dumm vor der Krähe, wie früher vor Deutsch-Diktaten, möchte Karl

gegen die Langeweile ein Schloss in den Wolken bauen und fühle mich plötzlich sehr unzureichend, so ganz und gar flügellos mit meinen klobigen Beinen auf der Erde herumtrampelnd, mein Prinz sieht mich vorwurfsvoll an, wenn doch nur dieser Flügel heilen würde, *was wird aus ihm werden,* ich stelle mir Karl als ausgewachsene Krähe vor, die jeden Morgen von ihren Zweigen aus die anderen Krähen im Himmel beobachtet und versteht, dass sie nie dazugehören wird und sich stattdessen mit mir zufriedengeben muss, aber ich, sollte die Krankheit enden, in meinen alten Rhythmus zurückfallen werde, in dem ein anpassungsfähiger Hund, aber kein eigensinniger Vogel Platz hat, weil Karl ein Flugsaurier ist. Seitdem ich ihm Stunden und Tage und Wochen zusehe, erkenne ich das Uralte in ihm, den Flugsaurier, dem ich eine Voliere bauen müssen werde, damit ihn im Winter, wenn die Bäume nackt sind, nachts keine Jäger reißen, ein erwachsener Flugsaurier in einem Käfig *ist wie ein Mensch im Gulag,* Karl setzt sich auf mein Knie und vergräbt den Schnabel im Daunenkleid, so sehr vertraut er mir, weil er nicht weiß, dass ich alles falsch gemacht habe, dass ich ihn gegen meine eigene Langeweile benutze, seit der Doku überlege ich täglich, was ich tun könnte, um es bei Karl wiedergutzumachen, dass ich in den Wildpark laufen könnte, der nur 15 Minuten entfernt vom Wagenplatz im Wald liegt, um mir dort Rat zu holen, um zu beichten, um für Karl einen Ort zu finden, der vogelgerechter ist als meiner, ein Ort, an dem er womöglich mit anderen Krähen erwachsen werden könnte, morgen, denke ich dann, ich werde es morgen tun, und klappe vorsichtig den Laptop wieder auf, *einmal hatten wir den Auftrag, einen Spion ausfindig zu machen, der immer mit dem Zug von Kraków nach Warszawa fuhr. Allerdings wussten wir nicht, wie er aussah. Nur seinen Namen kannten wir. Es gab also nur eine Möglichkeit, ihn zu finden. Wir mussten irgendwie von allen die Ausweise kontrollieren. Verstehst du?,* klar, antworte ich, *und in jedem Zug gab es einen Waggon für Kontrolleure und Zugbegleitungen und das waren natürlich Deutsche. Da wir wussten, dass die Deutschen gerne Wodka trinken, aber keinen vertragen, hatten wir ein paar Flaschen mitgebracht. Mit denen setzten wir uns zu den Kontrolleuren und die freuten sich. Dann erklärten wir, dass wir den Freund eines Bekannten suchen, der solle sich im Zug befinden, wir kennen den Namen, wissen aber nicht, wie er aussieht. Also schlug der inzwischen betrunkene Kontrolleur uns vor, mit ihm mitzukommen, und während er die Tickets kontrollieren würde, sollten wir vorgeben, von der Gestapo zu sein, und nach den Ausweisen fragen. Ausweis, bitte!! Verstehst du?,* ja, und?, *den Spitzel haben wir trotzdem nicht gefunden. Aber als wir in Warszawa aus dem Zug stiegen, hörten wir hinter uns Getuschel, was für eine heftige Razzia es gegeben habe, mit Ausweisen und allem.* Du lachst. *Na ja. So sind wir halt herumgefahren, ich und der Kosakiewicz. Aber einmal musste ich allein fahren und es gab keine Platz-*

karten mehr. Also kaufte ich wieder ein Ticket für Deutsche in der ersten Klasse und setzte mich zu einer alten Frau ins Abteil. Sie schlief, es war ein Nachtzug, ich kuschelte mich ein wenig an sie heran. In Nachtzügen wurde noch strenger kontrolliert und auf dem Gang hörte ich SS-Männer herumrennen und brüllen. Sie rissen Abteiltüren auf. Das Abteil, in dem ich saß, war nur für Deutsche und das wussten die. Auf der Strecke von Kraków nach Warszawa gab es eine Haltestelle in Kielce. Dort zwangen die SS-Männer den Zug, anzuhalten, und alle Polen mussten aussteigen. Keine Ahnung warum. Wahrscheinlich ohne Grund. Ich bin natürlich nicht ausgestiegen, aber wenn die mich geschnappt hätten: Kugel in den Kopf. Kugel in den Kopf. Und irgendwie frage ich mich, ob diese Deutsche, an die ich mich gekuschelt habe, ob die etwas gemerkt hat. Weil sie eben nicht weggerückt ist, als ein SS-Mann die Abteiltür aufgeschoben und reingesehen hat. Ich streichle Karl zwischen den Flügelansätzen, Daunengeruch fährt stechend in meine Nase, wie früher der Geruch von Sue, als sie schon alt war und so sehr nach Talg stank, dass in allen öffentlichen Verkehrsmitteln mehrere Sitzplätze vor und hinter uns frei blieben und die anderen Fahrgäste mich missbilligend ansahen, in der Überzeugung, dass der Gestank von mir ausging. Schon bei Sue mochte ich den Gestank und bei Karl ist es ganz genauso, obwohl alle behaupten, dass zuerst der Geruch kommt und dann die Liebe, glaube ich das Gegenteil.

Während meiner langen Reise nach und durch Indien, die ich mit Anfang zwanzig mit einer Kleinkunstgruppe aus Punks unternommen hatte, wir machten Musik und jonglierten mit Feuer, emailte ich dir regelmäßig, weil es zu Beginn der 2000er Jahre schon überall auf der Welt Internet-Cafés gab und du mit Anfang siebzig als Erster in deinem Bekanntenkreis zu Hause Internet einrichten hattest lassen. In einer dieser Mails erzähle ich dir, dass es hier in Indien von Müll aus dem Westen wimmele, dass überall Plastikflaschen herumliegen würden und dass wir, um nicht noch mehr Plastikmüll zu produzieren, jetzt begonnen hätten, das Wasser aus dem Ganges abzukochen und Chlortabletten zu verwenden, und du fragtest, ob das nicht gefährlich sei und überhaupt das bisschen Plastik, und drei Krankenhausaufenthalte und ein halbes Jahr später schrieb ich dir, dass ich inzwischen das Wasser aus allen öffentlichen Leitungen trinken könne, so wie die Menschen hier auch, und das Problem mit den Plastikflaschen habe sich für mich dadurch gänzlich erledigt.

Besorgt betrachte ich jeden Tag den Flügel meines Engels. Eigentlich sollte Karl längst fliegen, das wenige Herumgeflattere gibt keine Hoffnung auf ein eigenständiges Vogelleben, weshalb ich eine fachliche Einschätzung brauche und wieder an den Wildpark nebenan denke, der kein Streichelzoo ist, sondern auch Eulen in so kleinen Käfigen zur Schau stellt, dass sie nie auch nur eine Vorstellung von Fliegen bekommen werden, vor etlichen Jahren lebte dort ein Rabenpaar, das schließlich von Aktivist*innen befreit wurde, eine Held*innentat, der wir mit Henrike nacheifern und auch die Eulen befreien wollten, es aber doch nicht taten, und Schritt für Schritt stapfe jetzt ich Richtung Windpark, um herauszufinden, ob dort für Karl eine verheißungsvollere Zukunft bereitliegt. Als ich ihn vor dem Verlassen des Platzes auf seinen Zweig setzte, sah er mich zweifelnd an und balancierte unruhig hin und her. Wer würde ihn im Wildpark ständig streicheln oder ihm Erdnüsse verstecken, kurze Filmchen drehen und die Wasserlacken zum Baden auffüllen, womöglich müsste Karl allein in einer großen Voliere umständlich herumflattern und Menschen kämen vorbei, um ihre klobigen Wurstfinger durch das Gitter zu stecken, Kinder, die sich an das Gitter hängen und laut schreien würden, sodass sich mein Prinz mit aufgerissenem Schnabel in eine Ecke zurückziehen müsste, *warum behältst du ihn nicht? Er hat es doch gut bei dir,* natürlich denkst du das, aber bei mir ist es auf Dauer nicht sicher, jeden Tag beobachte ich die Killerkatze, wie sie Karl beobachtet und nur auf den richtigen Moment wartet, um ihm die Krallen zwischen die Flügelansätze zu schlagen, seinen papierdünnen Körper auf den Beton zu pressen, *es ist doch nur ein Vogel,* ich gehe weiter, überquere die Brücke, unter der die Pleiße fließt, spaziere am Wildschweingehege entlang, *nach dem Aufstand im Wald wurden die Juden nach Treblinka oder Auschwitz deportiert,* wusstet ihr damals schon, dass sie alle getötet werden?, *ja, das war allgemein bekannt, dass man sie dort abschlachten wird. Wir haben ihnen das immer wieder gesagt. Aber sie waren irgendwie sehr ängstlich. Hätten sie sich früher zusammengetan und wären geflüchtet. Sie haben bis zum Schluss gehofft, dass sie vielleicht doch nicht getötet werden.* Wurden Pol*innen nicht auch in Lagern inhaftiert?, *doch, aber bei den Juden war irgendwann klar, dass sie alle in Gaskammern gebracht werden. Polen wurden inhaftiert, wenn nachgewiesen wurde, dass sie irgendwo organisiert waren, oder wegen eines anderen Vergehens. Dann kamen sie für einen Monat oder ein Jahr ins Lager. Das war unterschiedlich. Aber sie wurden nicht gleich umgebracht. In Auschwitz gab es viele Polen. Aber die Juden kamen dort lediglich als Fleisch hin. Für die Gaskammern.* Hat euch das damals nicht schockiert? *Natürlich hat uns das schockiert! Wir haben das ja gesehen, wie sie die Juden gejagt und erschossen haben!* Ich denke, dass sich die Geschichte der Zeug*innenschaft wie Efeu um die polnische Geschichte schlängelt, und reiße ein Stück

Rinde von einer Eiche herunter, das ich noch mehrmals zerkleinere, bis ich die Vorstellung vollständig zurückgedrängt habe, dass sich alles jederzeit wiederholen kann und ich als Lesbe immer zu denen gehören werde, die in totalitären Regimen als Asoziale weggesperrt würden, damit der Unrat auf der Welt eingedämmt wird. *Ich möchte dir noch von einem Zwischenfall in Sambor erzählen,* ich nicke vor mich hin, höre dir zu, *da laufe ich durch einen Markt, weil ich eigentlich etwas zu erledigen habe. Aber plötzlich sehe ich dort einen Mann, von dem ich weiß, dass es ein Spitzel ist. Und er sieht mich auch. Wir sehen einander an und er erkennt mich und ich weiß, dass er weiß, dass ich in der AK bin. Nicht weit von ihm steht ein deutscher Soldat und auf den steuert der Spitzel zu, bleibt bei ihm stehen und sagt etwas. Also beginne ich mich rückwärtszubewegen, bis der Spitzel schließlich direkt auf mich zeigt. Daraufhin ruft der Soldat: Halt! Halt!, und ich laufe langsam weg. Rund um mich sind viele Menschen und ich will nicht auffallen. Damals waren noch nicht alle Juden im Ghetto, manche gingen mit Armbinden herum. Und so ein Jude mit einer Armbinde, als er sieht, dass ich weglaufe, und der deutsche Soldat ruft: Halt! Halt!, bleibt er stehen und der Soldat bleibt automatisch auch stehen und kontrolliert ihn. Nur ganz kurz, vielleicht eine Minute. So entkomme ich.* Ich gehe weiter und kann nicht entscheiden, was ich schlimmer finde, das mit den Jüd*innen, den Tod, der dir so lange nicht von der Seite wich, den drohenden

Verlust von Karl oder die Krankheit, bei der es mir jeden Morgen vorkommt, als könnte es der letzte sein, *manche Menschen überleben und manche sterben, so ist das eben,* aber bei manchen stehen die Chancen besser als bei anderen, hätte ich damals gelebt, wäre ich auch in ein Lager gekommen, *wegen deiner Homosexualität? Du hättest es nicht zugeben müssen, wer weiß, womöglich hättest du dich anders entschieden und dich in einen Mann verliebt,* im Wildschweingehege, das mitten im Auwald, aber noch vor dem Eingang zum Wildpark liegt, schlurft einsam ein Eber auf mich zu und steckt den Rüssel durch den Zaun, damit ich ihm die Nüstern streichle, du meinst, ich hätte mein Leben in einer Lüge verbringen können, du meinst, ich hätte mich dazu zwingen können, zu heiraten und Kinder zu kriegen, ich hätte auch Sexarbeiterin werden können oder mir die Brüste abbinden und als Mann leben, *jetzt übertreibst du aber,* ich streichle den Rüssel des Ebers, dann laufe ich statt zum Wildpark zurück zum Wagenplatz.

Weil ich auf der Indien-Reise beinahe an einer Durchfallerkrankung gestorben wäre, dachte ich, der Tod sei mir vertraut und dass der Tod anderer zwar mit Trauer einhergehen würde, aber schließlich zum Leben dazugehöre, wie der Winter zum Sommer oder der Herbst zum Frühling, oder was sonst so erzählt wird, um Verluste erträglicher zu machen, dass Zeit vergeht, und es stimmt ja auch, dass sie vergeht, sie verging auch nach deinem Tod, legte sich wie eine Eisschicht über alles, was mich umgab, ich hatte geglaubt, die Trauer beherrschen zu können, stattdessen nahm sie mich ein und beherrschte mich, sobald ich die Augen schloss, stiegen Bilder deines Leidens aus meinem Gedächtnis, wie du mich mitten in der Nacht weinend aus dem Krankenhaus anrufst, weil du gestürzt bist und so starke Schmerzen hast, und als ich in der Früh im Krankenhaus ankomme, bist du bereits im Operationssaal, weil deine Hüfte gebrochen ist und dir ein künstliches Hüftgelenk eingesetzt wird, danach Tage, an denen du nie gänzlich wach wirst und ich dich im Rollstuhl durch die Gartenanlage der Baumgartner Höhe schiebe, mich neben deinen Rollstuhl ins Gras setze und rauche und darauf warte, dass du wieder zu sprechen beginnst, *aber jetzt spreche ich doch, jetzt erzähle ich dir alles, jetzt hörst du meine Stimme,* ich nicke, *komm, klapp deinen Laptop auf,* ich klappe den Laptop auf, *lass uns noch weiter zurückgehen, die Gefängniszellen waren wie gesagt ungefähr zwanzig bis dreißig Quadratmeter groß und in einer Zelle saßen zwischen dreißig und vierzig Gefangene, Ukrainer und Polen,* und welche Ukrainer waren das, *na Ukrainer,* ja, aber welche, die aus der UPA, *ja,* das heißt, ihr saßt mit denen in einer Zelle, gegen die ihr, *ja, mit denen, mit denen wir uns geschlagen hatten,* du lachst, ich liebe dein Lachen, und wie war das für euch, du lachst weiter, *na ja. Natürlich haben die Ukrainer gesagt, dass wir genauso ihre Feinde sind wie die Russen,* und für euch war das auch so, *für uns war das auch so, natürlich. Sie waren unsere Feinde,* aber zu diesem Zeitpunkt wart ihr doch alle in sowjetischer Gefangenschaft, *ja,* gab es da gar keine Solidaritätsgefühle, *also, wir haben uns jetzt nicht in der Zelle geprügelt. Und außerdem, die Ukrainer, die einsaßen, die waren eben gegen die Russen und wir waren ja auch gegen die Russen,* und außerdem wart ihr auch noch gegeneinander, *das auch. Weil sie fanden, dass Lwów zur Ukraine gehörte, und wir fanden, dass Lwów zu Polen gehört.*

Am schwierigsten ist es, das Dunkel und die Leere auszuhalten. Karl und ich haben uns ineinander verzahnt. Dass sich Karl und ich eines Tages der Wirklichkeit stellen werden müssen, dass mein Engel ein Vogel ist und ich ein Mensch bin, dass sich unsere Wege trennen werden, außer ich nehme Karl gefangen und liebe ihn so sehr, bis die Bindung sein Bedürfnis zu fliegen untergräbt oder ich mein ursprüngliches Leben aufgebe, um immer auf ihn zu warten, einen Mittelweg gibt es nicht, die Zeit läuft unaufhaltsam nach vorne, nur noch der Vogel und ich bevölkern den Platz, und du sitzt vor mir und lachst und sagst: *eine Uhr, eine Uhr. Eine Uhr zu besitzen!*, und ich lege den Kopf fragend zur Seite, es *sprach sich im Gefängnis schnell herum, dass es hier einen Uhrmacher gibt. Denn die Wärter im Gefängnis, das waren Soldaten, die gerade aus Deutschland zurückgekommen waren. Dort hatten sie so viele Wertsachen wie möglich erbeutet. Aber das Wichtigste für sie waren die Uhren. Eine Uhr war das Allergrößte! Eine Uhr! Eine Uhr!*, noch immer sehe ich dich fragend an und du siehst irritiert zurück, *weil es in Russland keine Uhren gab. Weil dieses Russland, das hatte ja nichts. Nichts! Also kamen dann alle zu mir, damit ich ihre Uhren repariere.* Ich richte mich auf. *Nach den Ermittlungen gab es ein Gerichtsverfahren und wir wurden verurteilt.* Und wie lange dauerte das? *Die Ermittlungen im Gefängnis przy Łąckiego dauerten von März 1945 bis Dezember 1945. Obwohl es eigentlich überhaupt keine Beweise gab, wurden wir schließlich unter dem Artikel 58 verurteilt: Verrat des Vaterlandes mit Waffen in den Händen. Obwohl es überhaupt keine Beweise gab.* Du siehst verwundert hoch. So viele Jahre und Lektüren später siehst du bei diesem, deinem eigenen Satz verwundert hoch. So sehr glaubst du auch dann noch an den Rechtsstaat, dass du, trotz der drei Jahre im Gulag, verwundert hochsiehst, weil dir zum wiederholten Mal bewusst wird, dass es für deine Verurteilung keine Beweise brauchte, während ich nicht einmal von der Demokratie, in der ich lebe, erwarte, dass Menschen aufgrund von Beweisen verurteilt werden oder aus Mangel an Beweisen nicht, weil ich nach dem Prozess um den Tod von Seibane Wague in Wien, auf dessen Körper verteilt Polizisten und Sanitäter gestanden und sich miteinander unterhalten hatten, bis er erstickt war, aber weder einer der Polizisten noch einer der Sanitäter verurteilt wurde, obwohl es eine aussagekräftige Videoaufnahme gab, nur noch bedingt von einer beweisorientierten Rechtsprechung ausgehe, weshalb mich deine Aussage nicht aufblicken lässt, *trotzdem hatte jeder von uns das Recht auf eine letzte Aussage, also was man eben sagen wollte. Und weil mir klar war, dass das ohnehin nichts bringen wird, habe ich gesagt: Meine letzte Aussage ist das Ansuchen um ein zusätzliches Paket von meinen Eltern.* Jetzt lachen wir beide. *Denn ich dachte mir, dass ich dann wenigstens Essen bekommen würde. Und tatsächlich ließen sie sich darauf ein. Die anderen drei, die mit mir festgenommen worden waren, meinten: Was redest du da für einen Blödsinn. Aber ich entgegnete: Na, und was habt ihr Gescheites gesagt? Weißt du, sie haben versucht zu erklären, dass sie unschuldig waren.* Wieder lachen wir beide. *Und ich meinte, dass würde ohnehin nichts helfen. Der Podgórski und sein Freund haben 15 Jahre Straflager bekommen, nachdem sie am eindringlichsten behauptet hatten, sie seien unschuldig. Während ich und Zdzich jeweils zehn Jahre bekommen haben.* Und was hat Zdzich gesagt? *Zdzich hat nichts gesagt. Er meinte, nachdem der Podgórski und der andere alles gesagt hatten, brauche er nichts mehr zu sagen. Nach der Verurteilung brachten sie uns in ein Sammellager in Lwów, auf der Ulica Pełtewna, wo sie alle hinbrachten, die auf Transporte nach Sibirien warteten. Und in diesem Lager gab es verschiedene Werkstätten und Arbeitseinheiten. Eine Schneiderei und ... natürlich auch einen Uhrmacher, weil natürlich, die Russen, um ihre Uhren zu reparieren, haben sie eine Werkstatt eingerichtet. Als sie erfuhren, dass aus dem Gefängnis przy Łąckiego ein Uhrmacher kommt, der Ruf eilte mir voraus, da nahmen sie mich gleich aus dem Transport raus und steckten mich zu den Uhrmeistern. Und währenddessen haben sie Zdzich und die anderen beiden auf einen Transport nach Sibirien geladen.* Ich halte die Aufnahme an. Die Zeit ist mir beim Zuhören durch die Finger gerieselt, inzwischen ist es heller Tag, aber anstatt endlich aufzustehen und den Wagen zu verlassen, schalte ich die Aufnahme wieder ein und springe nur vom Hochbett, um mir einen Kaffee aufzustellen, *sie haben Zdzich, Podgórski und den Dritten nach Kamczatka gebracht. Ich habe dir seine Briefe gegeben. Dort steht es genauer, die Adresse und wie Zdzich alles beschreibt. Aber ich blieb für einige Zeit in dieser Uhrmacherwerkstatt. Das Problem war nur, dass es dort echte Uhrmacher gab, und die begriffen schnell, dass ich keiner war. Ich glaube, das waren lauter Juden. Die haben zu mir gesagt: Weißt du, wir würden dich ja behalten. Aber du wirst nie ein Uhrmacher werden, weil deine Finger schwitzen. Und wenn einem die Finger schwitzen, dann kann man kein Uhrmacher sein. Aber wir behalten dich für zwei Wochen hier. Das gibt dir Zeit, dich auf den Transport vorzubereiten. Also habe ich meine Eltern gebeten, zu denen hatte ich Kontakt, die durften mich besuchen kommen, in Schuhsohlen Geld einzubauen. Sie haben extra Schuhe anfertigen lassen und außerdem nähten sie noch ein goldenes Kettchen in einen Mantel für mich ein,* erzähl mir noch mehr über die Zeit im Gefängnis, unterbreche ich dich. Du siehst mich irritiert an. *Über przy Łąckiego?* Ich nicke. *Das war ein Gefängnis für politische Gefangene. Dort saßen unterschiedliche Nationalitäten ein: Polen, Ukrainer, alle, sowohl die Intelligenz als auch die Arbeiter und Bauern. Also in der ersten Phase der Ermittlungen, die ungefähr zwei Monate dauerte, war es sehr schwer, weil körperliche Methoden angewendet wurden. Also Schläge.* Ich sehe aus dem Fenster. Die Sonne scheint. *Während dieser Zeit haben sie mir die Zähne ausgeschlagen. Vorne.* Du machst den

Mund auf. *Vorne waren mir die Zähne ausgeschlagen worden. Und nach einem Verhör dieser Art konnte ich weder stehen noch gehen und ich wurde auf einer Bahre zurück in die Zelle gebracht.* Wonach haben sie dich dort gefragt? *Sie haben mich nach Aktivitäten der AK gegen die Sowjetunion gefragt. Und weil wir derartige Aktivitäten nicht unternahmen, konnte ich ja nichts erzählen. Ich gab aber zu, in der AK zu sein.*

Bevor sich die Krankheit über die Welt auszubreiten begann, träumte ich einmal von einem Unwetter, bei dem mein Wagen, mein LKW-Anhänger von Schenker, durch einen umgestürzten Baum in der Mitte geteilt wurde, wobei der vordere Teil über die Betonplatte wegrollte, weiter bis zum Ausgang, während der andere Teil, in dem sich mein Hochbett befindet, stehen blieb und ich saß aufrecht im Bett und sah der vorderen Hälfte beim Wegrollen zu.

Heute laufe ich wieder durch den Auwald und betrete diesmal den Wildpark und während die Schneeeule hinter dem engmaschigen schwarzen Stahlgitter ihren Kopf dreht, lege ich die Hand auf die linke Brustseite, um sicherzustellen, dass mein Herz noch schlägt, weil ich trotz meiner muskulösen Arme und des routinierten Umgangs mit Maschinen in keiner Nacht mit einer Akku-Flex in den Wildpark eingebrochen bin, um die Schneeeule, den Uhu und den Waldkauz zu befreien, obwohl ich es gekonnt hätte und noch immer könnte, werde ich es nicht tun, obwohl ich imstande wäre, das Unrecht zu beseitigen und einen Vogel fliegen zu lassen, stattdessen reiße ich mich vom Anblick der Eule los, weil unweit des Rotwild-Geheges eine Mitarbeiterin des Wildparks steht, ob ich sie kurz sprechen könne, rufe ich, laufe zu ihr hin und erzähle, beim Ankommen nach Luft ringend, Karls und meine Geschichte, die Wildpark-Mitarbeiterin sieht mich ruhig an und fragt interessiert, wie es Karl gehe, wie geht es der Krähe?, ob ich mit der Haltung Probleme hätte, Krähen seien doch sehr eigensinnige Tiere, ich nicke verwirrt, dann erzählt sie, dass hier im Wildpark früher ein Rabenpaar gelebt habe, aber eines Tages von Aktivist*innen befreit worden ist und seither im Auwald wohne, trotzdem regelmäßig zu Besuch käme, schließlich seien die beiden Vögel sehr lange hier gewesen und betrachteten den Wildpark als eine Art Heimat, wenn Sie wollen, können Sie die Krähe vorbeibringen und wir geben ihr eine Voliere, bietet sie an, sie würde in einem

Käfig leben, frage ich und die Wildpark-Mitarbeiterin zuckt mit den Schultern, lächelt freundlich, na gut, sage ich, und dass ich es mir überlegen werde, und denke, dass ich Karl dann lieber selbst eine Voliere baue, mit speziellen Schnappöffnungen, damit er jederzeit rein- und rauskommt, damit es ein echtes Zuhause ist und kein Käfig.

1943, kurz bevor die Russen zurückkamen, hatte ich auch endlich meinen Decknamen erhalten. Ich hieß »Przemuc«. Das war mein Deckname: Przemuc. Darth Vaders Klonsoldatin aus der Praxis meiner Hausärztin ruft an, um mir den negativen PCR-Test zu verkünden, danke, antworte ich, und dass ich eine Überweisung zum Pneumologen brauche, dafür müssen Sie aber herkommen, sagt sie, ob sie sich nicht vorstellen könne, wie beschwerlich ein solcher Weg für mich sei, frage ich, als sie nicht reagiert, lege ich auf und laufe wütend eine Runde über den Platz, Karl hüpft murmelnd hinter mir her, seit einigen Tagen spricht er ununterbrochen, es sind unterschiedliche Laute, die er von sich gibt, manchmal sitzt er eine Stunde auf einem Ast und führt Selbstgespräche, warum kann er sprechen, ohne dass ihm jemand eine Sprache beigebracht hätte, auch in dem Buch über Krähenvögel, das mir Draußen-Tanja aus der Städtischen Bücherei mitgebracht hat, finde ich darauf keine Antworten und Karl fühlt sich von dem Cover mit der Krähe angegriffen, pickt leidenschaftlich darauf herum, Draußen-Tanja bringt auch einen selbstgemachten Kuchen vorbei, eine Zitronentarte, meine Lieblingssorte, ich esse ein Stück, ohne zuzunehmen, ohne schneller zu werden, nicht einmal auf der Indien-Reise war ich so dünn wie jetzt, sage ich, aber schon ist Draußen-Tanja wieder fort, Przemoc bedeutet auf Deutsch Gewalt, dein Deckname war Gewalt?, du nickst, *innerhalb der AK kannten wir voneinander nur die Decknamen, außer im Fall von Freunden wie Podgórski,* ich sage, es gibt Tage, an denen ich aufwache und tot sein möchte, du schweigst, das war immer schon so, fahre ich fort, unabhängig von der Krankheit, du schweigst, dir kann ich es doch jetzt erzählen, du schweigst und ich werfe den Rest der Zitronentarte in den Bio-Müll, noch immer verstehe ich nicht, warum ihr die Deutschen nicht umgebracht habt, *manchmal haben wir schon welche umgebracht. Wenn sie in der Gestapo waren. Die haben wir umgebracht. Aber bei solchen Aktionen habe ich nur die Umgebung ausgekundschaftet und bin Schmiere gestanden. Oft mussten wir mehrere Tage auf der Lauer liegen, damit die Aktion für alle sicher war. Wir wollten niemanden verlieren.*

Wenn Karl und ich uns der Faulheit hingeben, überlege ich manchmal, wovon wir in Zukunft leben werden, sollte die Krankheit an mir haften und mein Engelchen eine Bodenkrähe bleiben. Estha, die aus dem Urlaub zurück ist und Textnachrichten sendet, schickt einen Link zu einer Long-Covid-Selbsthilfegruppe, den ich sofort lösche, wie ein Verrat käme es mir vor, da auch Karl keine Möglichkeit hat, sich mit anderen Boden-Krähen über sein Leid auszutauschen, allemal birgt das Eingeständnis eines Unglücks nur noch mehr Unglück in sich, eine Büchse der Pandora, die ich lieber geschlossen lasse, stattdessen imitiere ich Karls Gemurmel, manchmal sieht er mich so abwesend an und ich frage mich, ob er auch eine Depression hat, und stelle mir vor, was mit ihm passiert wäre, hätte ich ihn damals mit den erwachsenen Rabenkrähen davonhüpfen lassen, völlig verlassen hätte ich die Wochen im Liegestuhl vor meinem Wagen verbracht, *was tust du mit dieser Todessehnsucht, wenn sie auftaucht?* Nichts. Was soll ich mit ihr tun? Vor der Begegnung mit Karl habe ich mir Vogelkrallen immer hart vorgestellt, aber Karl hinterlässt keinen groben Abdruck auf mir und ich lege mich auf den Boden, grabe die Nase in den bröckeligen Beton, überlasse Karl meinen Körper, er inspiziert mich von den Zehen aufwärts, pickt ungeduldig an meiner Kleidung herum, als würde ich schummeln, kommentiert jede Wölbung, die hervorstehenden Rippen, bis er am Kopf anlangt und gewohnheitsmäßig meine Haare kämmt.

Es gibt ein Interview mit Jan Karski, *Jan Karski? Jan Karski war auch in der AK,* ja, ein Interview, das ich vor Kurzem auf YouTube gesehen habe, in dem er Claude Lanzmann über seine Gespräche mit dem US-Präsidenten Roosevelt und mit Felix Frankfurter, einem Richter am Obersten Gerichtshof der USA, erzählt, *Jan Karski, ein Pole, der dich beeindruckt hat,* besonders auffällig sind seine extrem detaillierten Beschreibungen der Gesprächssituation, damit jedes Lächeln des Präsidenten später in den Bericht für die polnische Exilregierung in London Eingang findet, *Jan Karski, ein großer Mann, war dann mit einer Jüdin verheiratet,* er sagt, dass man ihm seine Schilderungen über die Situation der Jüd*innen, über die Endlösung, das Ausmaß des Schreckens, nicht glauben wollte, dass insbesondere der Richter Frankfurter, der selbst Jude war, meinte, dass sein Kopf und sein Herz derart beschaffen seien, dass er es nicht annehmen könne. Er sagte, dass er schließlich ein Richter über Menschen sei, dass er Menschen kenne und dass das, was Jan Karski da berichte, unmöglich sei. Aber was mich eigentlich an den Überlegungen Karskis beschäftigt, ist die Frage der Vergleichbarkeit, er sagt, was mit den Jüd*innen geschah, war ein historischer Präzedenzfall. Menschen, die es nicht mit eigenen Augen gesehen hatten, konnten es mit nichts vergleichen und glaubten es daher nicht. Die Vernichtung der Jüd*innen. Nicht bloß, dass die Geschichte so etwas zuvor noch nie gesehen hatte. Es sei auch seither nichts Vergleichbares mehr geschehen. *Was genau beschäftigt dich?* Ob das stimmt, ob wir wirklich nur imstande sind, etwas, das geschieht, zu begreifen, weil etwas Vergleichbares bereits geschehen ist, *und? was denkst du?* Ich weiß es nicht. Jedenfalls sagte Jan Karski so oder so ähnlich: Sie müssen verstehen, dass für mich das Judenproblem nicht das einzige Problem war. Für mich war das Schlüsselproblem Polen, die Curzon-Linie, die Sowjets, Kommunisten in der Untergrundbewegung, die Angst der polnischen Nation, was wird mit Polen geschehen, das waren die Schwerpunkte meiner Mission und meine Sorge.

Als dann schließlich allen klar war, dass ich kein Uhrmacher bin, und ich nicht weiter in der Werkstatt arbeiten durfte, wurde ich auf den nächsten Transport nach Sibirien geladen. Nach Pieczora Workuta in der Autonomen Republik der russischen Föderation KOMI. Das ist eine autonome Republik kurz vor dem Ural im Norden der Sowjetunion, also dem heutigen Russland. Sie luden uns auf die Waggons und das Goldkettchen haben sie sofort gefunden. Wer ist *sie*? Also. Wer fuhr da mit? *Der Großteil waren politische Gefangene. Aber es gab auch gewöhnliche Verbrecher und die hatten meist ein gutes Verhältnis zu den Wärtern. Und diese Verbrecher haben die politischen Gefangenen einfach ausgeraubt und die Beute den Wärtern gegeben und die Wärter ihnen im Gegenzug Wodka oder Zigaretten. Ich erinnere mich noch, dass ich in der Nacht geschlafen habe, und als ich aufgewacht bin, war das Kettchen bereits weg. Aber die Schuhe! Also, diese Verbrecher, die nannte man Blatnoy. Warum Blatnoy? Weil solche Gefangene, die nicht politisch waren, also gewöhnliche Verbrecher, Banditen, die hatten ihre Rechte. Sie durften nicht arbeiten, sondern nur stehlen oder morden. Das waren ihre Rechte. Einer dieser Blatnoy zog mir die Schuhe aus und drückte auf die Sohle. Es waren Teile aus der Sohle rausgeschnitten, damit das Geld Platz hatte, weshalb die Sohle sehr weich war. Und der Blatnoy warf sie mir zurück und meinte, dass die Schuhe nichts wert seien, die Sohle sei schwach.* Du lachst. Ich lächle. *Die Sohle sei schwach. So ein Glück!*

Verstehst du? Die Sohle sei schwach! Du lachst weiter und ich betrachte die Falten um deine Augen, deine vom sibirischen Frost zerfressene Nase und erinnere mich an einen Wintertag in Warszawa, kurz vor Weihnachten, vermutlich war ich 18 oder 19 Jahre alt, als es draußen heftig zu schneien anfing. Schon als ich noch ein Kind war, warst du zu alt, um schwere körperliche Arbeiten zu verrichten, und meine Mutter mit dem kaputten Rücken ebenfalls, weshalb ich mir eine Jacke überwarf und begann, die Garageneinfahrt freizuschaufeln, es hatte minus zwanzig Grad und ich trug nur Jeans und Skaterschuhe und bemerkte, während ich mich bewegte, die Kälte nicht, schaufelte, bis die Einfahrt frei war, du hast hinter der verglasten Terrassentür im Bademantel und mit der weißen Merinomütze gewartet und eine Flasche Wodka gehalten, den Ausdruck in deinen Augen werde ich nie vergessen, darin lag nur Liebe. Sobald ich das Haus betrat, drücktest du mir ein Glas in die Hand und schenktest mir ein, trink, hast du gesagt, erst nach dem Shot spürte ich, dass die Kälte bereits in meinen Knochen saß, dass ich über die Jahre vergessen hatte, dass sie in Warszawa trockener und bissiger war als in Wien, und du wusstest, dass es nichts gebracht hätte, mir das vorher ins Gedächtnis zu rufen und mich zu drängen, zumindest eine lange Unterhose anzuziehen, und jetzt nickst du und erzählst, *an diesem Güterbahnhof, an dem sie uns in die Transporte luden, liefen Kinder herum und fragten die Wärter, wen sie da wegbrachten, und die Wärter antworteten: Wrag naroda, das heißt Verräter des Vaterlandes, und dann liefen die Kinder weiter und riefen: Verräter des Vaterlandes! Verräter des Vaterlandes!*

Ich presse Orangen aus, die es bei Lidl im Angebot gibt, obwohl Hochsommer ist, aber es kümmert mich nicht, sollte die Erde untergehen, erst verbrennen und dann erfrieren, es kümmert mich nicht mehr, die Erde kümmert mich nicht mehr, nachdem ich jahrelang Flugzeuge gemieden, regionale Produkte gekauft, mein Wasser selbst geschleppt und mit Holz geheizt habe, Bricke für Bricke für eine Zukunft der anderen, presse ich heute meine Orangen und warte darauf, dass Karl aufwacht, aus seinem Baumwipfel Ast für Ast hinunterhüpft und vom letzten hinuntergleitet, er wartet, dass ich ihm dabei zusehe, er möchte von mir beachtet werden, er wünscht sich meine Anerkennung wie jedes Lebewesen, ich bin inzwischen überzeugt, dass alles ohne die Aufmerksamkeit des anderen innerlich abstirbt, selbst der Baum, der von Karl umgarnt wird, würde absterben, Karl krächzt zu mir hinunter, ich winke hoch, er zieht die Flügel nach oben, ich trinke den frischgepressten Orangensaft, denn dieser Sommer mit Karl könnte mein letzter sein, also sollte ich, soweit meine Kräfte es zulassen, noch all das tun, was ich mir bislang versagt habe, auch wenn das nicht viel ist, überlege ich und lehne mich im Liegestuhl zurück, von dem aus ich Karl weiter beobachte, spüre, wie mein Brustkorb warm wird, wie er sich bei Karls Anblick dehnt und mit der Dehnung des Brustkorbs kommt die Sehnsucht, nach meiner Mutter, nach Estha, nach Henrike, nach Sue und nach dir, nach den Momenten, in denen Esthas zuversichtliches Lächeln auf mir ruht und mir Kraft gibt, weiterzuschreiben, in denen Henrike und ich vor unseren Wägen Kaffee trinken und der Sonne beim Aufgehen zusehen, in denen du mir nach dem Schwimmen die Haare föhnst und sagst, dass ich alles werden könnte, was ich nur wollte, in denen Sue sich ruhig, aber mit hochgezogenen Lefzen zwischen mich und den Mann stellt, der nicht aufhört zu fragen, ob ich nun wirklich eine Frau sei, während die Winternacht uns beiden die Wangen einfriert und sein Freund im Wagen sitzt und wartet, die Momente, in denen meine Mutter neben meinem Bett wacht, bis ich eingeschlafen bin, weil ich Angst habe, dass Freddy Krüger mich in meinen Träumen einholt, *aber heute und jetzt bist du auf dich alleine gestellt, also sei weise*, und ich erschrecke über deine Stimme, die plötzlich wie aus einem Hinterhalt zu mir durchdringt, *in Peczory steckten sie mich in einen Bautrupp. Ich war ja intelligent und in der Lage, Dinge zu organisieren. Und einer der Brygadzisten, ein Russe, auch ein Gefangener, kam nach ein paar Tagen auf mich zu und sagte: Weißt du was, du bist zu klug für mich. Wenn du hierbleibst, dann höre ich bald auf, Brygadzist zu sein. Ab zum Transport! Ich fuhr also weiter und kam zum ersten Mal in ein richtiges Lager. Kassju. Und dieser Ort, von dem ich nicht weiß, warum er Kassju hieß, denn das war im Grunde gar kein Ort, das war ein Wald. Und wir mussten in diesem Wald schlafen. Im Winter. Beinahe wären wir erfroren.* Auf einmal lachst du und hörst eine ganze Weile nicht mehr auf. *Wir waren stän-*

dig von Wärtern umgeben und mussten unsere Baracken bauen. Und dann hatte ich auch noch ein Problem mit dem Geld. Weil das Geld, das ich in einem der Schuhe hatte, habe ich in Pieczory einem Leiter, einem Polen gegeben, damit er mich auf einen guten Transport packt. In Pieczory hatte man seine Kleidung zur Entlausung abgegeben und eben auch die Schuhe. Und ich dachte, das sei ein intelligenter Pole, und er meinte auch, ja, gib her, ich organisiere etwas. Zum Glück habe ich ihm nur das Geld aus einem Schuh gegeben. Rubel. Aber, ehrlich gesagt, weil meine Füße schwitzten, waren diese Rubel schon ziemlich durchgebrannt. Trotzdem waren es Rubel, und Rubel waren eine große Sache. Und er hat sie genommen und gesagt: Das ist ja überhaupt nichts mehr wert. Als ich das verstanden habe, dass ein Pole, quasi intelligent, mich, einen 19 Jahre alten Jungen, beinahe noch ein Kind, bestiehlt. Ich war ja ein Patriot. Ich dachte, dass er mir helfen würde. Aber er meinte: nein, nein. Das ist nichts mehr wert. Fertig. Und als wir zu dem Transport gebracht wurden. Hier machst du eine Pause und siehst zu mir auf, aber eigentlich durch mich hindurch, blickst zurück und fährst woanders fort, *dort in Kassju mussten wir die Baracken bauen und in dem Lager gab es einen Arzt. Ich erinnere mich, dass er Ukrainer war. Der Arzt war auch ein Gefangener. Es gab dort keine freien Menschen. Die Wärter waren auch Gefangene. Aber Russen. Kriminelle, aber nicht Blatnoy. Es waren Kriminelle mit einer niedrigen Strafe. Was heißt einer niedrigen*

Strafe? Bis zu fünf Jahren. Normalerweise begannen dort die Strafen bei zehn Jahren aufwärts. So etwas wie ein oder zwei Jahre, das gab es dort überhaupt nicht. Wenn jemand nur drei Jahre bekommen hatte, war das absoluter Luxus. Und wofür hat man nur drei Jahre bekommen? *Du konntest zum Beispiel drei Jahre für den Diebstahl von etwas Kleinem aus einem Geschäft bekommen. Aber wenn du dich politisch geäußert hast, hast du sofort zehn Jahre bekommen. Und ich habe diesem Arzt das Geld aus dem zweiten Schuh gegeben, weil ich begriff, dass ich in Kassju nicht überleben würde. Ich wollte, dass er mich krank macht. Und das tat er. Er gab mir irgendeine Injektion und daraufhin bekam ich in den Beinen Zinge. Das ist sibirisches Skorbut. Weißt du, was das ist, Skorbut? Die Beine sind mir angeschwollen, und eine Gürtelrose hatte ich. Erinnerst du dich, als ich diesen Ausschlag im Gesicht hatte? Als ich anfangs nach Österreich kam, da hatte ich eine Gürtelrose im Gesicht. Aber daran kannst du dich ja gar nicht erinnern, weil da warst du noch gar nicht auf der Welt.* Mama hat mir davon erzählt. *Aha. Und der Arzt gab mir die Bescheinigung, dass ich krank war, mit Fieber und allem. Also wurde ich ins Spital geschickt. Und so endete mein erster Gulag-Aufenthalt in Kassju. Über Kassju lässt sich sagen, dass es eigentlich unglaublich ist, dass das Menschen überlebt haben. Wie stark der Mensch ist. Verstehst du?* Na, und was habt ihr denn dort gemacht, in diesem Gulag Kassju? *Man hat Bäume gefällt und die eigenen Baracken gebaut.* Aber wofür? *Na, wofür. Für die Gefangenen.* Aber was haben die Gefangenen getan, sobald es die Baracken gab? *Da war ich nicht mehr dort. Da war ich dann im nächsten Gulag. In Senju.*

Seine Flugversuche sind stets aufs Neue eine Herausforderung für meinen Engel, jeden Morgen sitzt er auf dem untersten Ast der Pappel und zögert, wartet auf wiederkehrende Bestätigungen von mir, zuckelt auf dem Ast hin und her, weil die Tiefe, der Beton unter ihm, ihn beeindruckt und es keine andere Krähe neben ihm gibt, die es Karl vormacht, die als erste springt, die Flügel ausbreitet, einen Kreis zieht, kurz vor dem Beton die Krallen ausfährt, um elegant zu landen und von mir mit begeisterten Zurufen und Applaus empfangen zu werden, aber Karl hat nur mich, und wenn er ungelenk mit dem Schnabel auftrifft, gebe ich vor, nichts gesehen zu haben, beuge mich stattdessen hinunter und streichle ihm mit dem Zeigefinger über den Kopf und lade ihn zu einem Spaziergang über den noch schlafenden Platz ein. Viele Mitbewohner*innen sind aus ihren Urlauben zurückgekehrt, liefen gestern schon voller Eindrücke von Wagen zu Wagen, um miteinander Kaffee zu trinken und sich auszutauschen, betrachteten einander, ihre gesunden Körper, die trotz der Reise von Covid verschont geblieben waren, machten um meinen Wagen einen Bogen, obwohl ihr Interesse an Karl groß war, gerne hätten sie ihn gestreichelt, wären ihm nah gekommen, wie alle Gesunden möchten sie immer alles haben, ohne sich dem Elend stellen zu müssen, mein Smartphone vibriert von einer Nachricht von Draußen-Tanja, die sich an mich erinnert, ob sie vorbeikommen solle oder ob ich schon etwas vorhabe, was vorhaben, sage ich laut, Karl krächzt mich verwundert an, gleich darauf folgt eine Nachricht von Estha, es spielt keine Rolle, ob ich antworte, weder bei Draußen-Tanja noch bei Estha, entscheidend ist nur, dass sie glauben sich gekümmert zu haben, danach lässt es sich wieder zum eigenen Leben zurückkehren, das ohnehin beschwerlich genug ist, aber mit den anderen kehrt auch Henrike vom Schiff heim und zeigt mir Fotos und sitzt mit mir am Gartentisch, und sobald ich zu sprechen beginne, wird es unmöglich aufzuhören, als hätte ich seit Jahren nicht mehr gesprochen, erzähle ich immer weiter, bis mich Karl hungrig von der Seite anschreit, bis der Tag vom Abend abgelöst wird, bis ich mich an dich und unser gemeinsames Projekt erinnere und den Vogel füttere und ihm in den Baum hinauf helfe und den Laptop aufklappe und dir zuhöre und tippe und schließlich müde werde und schlafe.

In der Krankheit gibt es trotz allem ein Begehren, aber kaum noch ein Begehrt-Werden, und mit Corona bleiben selbst die lebensnotwendigen Berührungen aus, niemand möchte mich in den Arm nehmen, auch Wochen, nachdem ich bereits als genesen gelte, und auch nicht nach meinem negativen Test, als würde die Krankheit für immer an mir haften bleiben, sodass mein Engel der einzig warme Körper ist, der mich an meine Körperlichkeit erinnert, auch er braucht es, gestreichelt zu werden, an manchen Tagen harrt Karl länger auf meinem Knie aus, als es meine Geduld zulässt, hinzu kommt, dass der Umgang mit einem Vogelkörper keine Selbstverständlichkeit ist, bisher gab es in meinem Leben Katzen und Hunde, Haustiere, die mich in ihrem Berührt-werden-Wollen anleiteten, während ich Karl genauso fremd bin wie er mir, weshalb wir beide erschrecken, als ich ihn unter den Flügeln streichle, und Karl ein unbekanntes Geräusch entfährt, sofort ziehe ich meine Finger zurück und blicke beschämt zu Boden, Karl sieht mich verwundert an, aber wir können es nicht besprechen, also stehe ich auf und gehe aufs Klo.

Senju, das war ein Lager, in dem Ziegel hergestellt wurden. Eine Ziegelfabrik war das. Und in diesem Lager war ich 1946, 47 und 48. Danach haben sie mich nach Moskau deportiert. In Senju war ich also am längsten und die Sterblichkeit aufgrund von Hunger, Krankheiten und Kälte war dort sehr hoch. In Senju waren wir auch zuständig für den Erhalt der Eisenbahnstrecke, auf der Kohletransporte von Workuta in den Süden der Sowjetunion fuhren. Weißt du, Sibirien, das waren siebzig Zentimeter Vaseline und darunter lag Schlamm, und wenn diese Güterzüge darüberfuhren, brachen manchmal die Schienen auf der Strecke ein und wir mussten hinfahren und das ausbessern, damit die Transporte weiterfahren konnten. Die Gefangenen wurden dort nicht einmal besonders bewacht, weil man ohnehin nirgendwohin wegrennen konnte. Wenn man aufgehört hat zu arbeiten, ist man einfach erfroren. Und genau das habe ich mir gedacht: Ach was! Ich friere einfach ein. Schließlich hatte ich das Leben satt. Und dann bin ich stehen geblieben. Ich habe mich nicht mehr bewegt, nur noch gezittert. Wahrscheinlich wäre ich erfroren, hätte mich nicht so ein Blatnoy gerettet. Bei den Lagerfeuern saßen Wärter und Banditen, und einer dieser Banditen hat gesehen, dass ich da so stehe und schon einfriere, und sprang auf und schrie: Was machst du denn? Szto ty djelajesz? Willst du sterben? Ty chaczjesz umjeret? Er schleift mich zur Feuerstelle, gibt mir seinen Mantel und ich darf bleiben, bis mir nicht mehr kalt ist. Bis ich nicht mehr sterben möchte. Ein Verbrecher, ein Russe, mein Feind rettet mir das Leben. Ich habe keine Ahnung warum. Ich war ja kein Russe. Die Russen wurden dort besser behandelt. Einfach so. Ich habe ihn danach nie wieder gesehen. Auch nicht im Lager. Ohne ihn wäre ich erfroren. Ja, sage ich. Sonst gäbe es mich nicht. *Genau.* Wir lachen, weil alles plötzlich so leicht scheint, weil das Leben nichts anderes ist als das Leuchten eines Glühwürmchens, als Karls aufgerissener Schnabel, als Esthas Augenaufschlag und der Arm eines Banditen, der dich zur Feuerstelle zieht und deinen Sterbeplan vereitelt und mir das Leben schenkt.

In Senju gab es einen Glaw Prorap, das war der Hauptleiter der Baustelle, der hat in der Nähe des Lagers gewohnt und eine Uhr an einer Kette getragen. Und diese Uhr war kaputt. Und ich hatte, sofort als ich in Senju ankam, herumerzählt, dass ich Uhrmacher sei. Also kam der Glaw Prorap zu mir und fragte: Kannst du sie reparieren? Ich hatte ja, als ich in der Uhrenwerkstatt im Gefängnis war, einiges dazugelernt, aber seine Uhr war eine schwierige Aufgabe, die lange dauerte und mich ziemlich Nerven kostete. Letztendlich habe ich die Uhr repariert, was mir sehr geholfen hat, weil ich deswegen mehr Essen bekam und manchmal in seinem Büro arbeiten durfte. Draußen musste ich trotzdem jeden Tag arbeiten. Nach und nach gaben mir aber auch die anderen Wärter ihre Uhren zum Reparieren. Das habe ich also getan. Gearbeitet und Uhren repariert. Ich sehe vom Laptop hoch und zu dir rüber auf die Couch, hinein in dein gedankenversunkenes Gesicht, hinter dem sich die Träume tummeln, und ich erinnere mich, als du in Wien mit dem Rotlauf im Krankenhaus lagst, hast du mit deinem Bettnachbarn, der Baumeister war, Pläne für die Renovierung des Badezimmers geschmiedet, bis ich hineinkam und euch unterbrach und du mir deinen Bettnachbarn vorstelltest, die Vorfreude auf ein neues Projekt funkelte in deinen Augen, weißt du noch, du nickst und lächelst, dann fährst du fort, *es gab dort neben dem Glaw Prorap einen Major, der hieß Konkin und war der Hauptleiter der Verteidigung und auch er brachte mir eines Tages eine Taschenuhr. Wochen vergingen, ohne dass er sie abholte oder sich meldete. Also dachte ich, vielleicht hat er vergessen, dass er mir diese Uhr gegeben hat. Dann könnte ich sie verkaufen. Aber natürlich kam er eines Tages und fragte, Sag mal! Hab ich dir nicht diese Uhr zum Reparieren gegeben? Und ich antwortete, Nein, wo? Und er darauf, Na, dann weiß ich auch nicht, wo sie ist. Also atmete ich auf, nur irgendwann erinnerte er sich doch und kam zurück und sagte, ich weiß, dass ich dir diese Uhr gegeben habe. Bloß hatte ich sie inzwischen längst verkauft. Nachdem er gesagt hatte, dass sie verschwunden sei, habe ich sie gegen Essen getauscht. Und er fuhr fort: wenn das so ist. Wenn du so einer bist, dann fährst du jetzt in ein Straflager. Und du musst wissen, es gab einen gewaltigen Unterschied zwischen Arbeits- und Straflagern. Wenn man als Politischer in ein Straflager geschickt wurde … in Straflagern waren in erster Linie Schwerverbrecher. Aber wenn dort einer wie ich ankam, würden die Karten darum spielen, wer ihn abschlachten darf. Weil, wenn es einen Mord gibt, dann gibt es ein Verfahren und der Mörder kommt vom Straflager ins Gefängnis. Das bedeutet: bessere Lebensbedingungen. Und selbst wenn er die Höchststrafe bekäme, also die Todesstrafe, würde er amnestiert werden, das war in der Sowjetunion immer so. Also bekam er lebenslänglich. Und das hatten dort ohnehin alle. Als Major Konkin sagte, ins Straflager, dachte ich, dass es um mich geschehen war. Und die Uhr hatte ich ja nicht mehr. Und da hat mich dann dieser Glaw Prorap gerettet. Der meinte zum Major, Was machst du? Möchtest du meinen Mann wegschicken? So verhinderte er, dass ich auf den nächsten Transport kam.*

Erinnerst du dich, wie ich einmal aus der Schule nach Hause kam und dir erzählen wollte, was wir heute gelernt haben? *Du hast mir oft Sachen erzählt.* Ja, aber es ging um den Zweiten Weltkrieg und ich wollte dir zeigen, wie sehr ich mich für deine Geschichte interessiere. *Worauf möchtest du hinaus.* Also. Ich erinnere mich deshalb so genau an diesen einen Abend, weil ich zu dir kam, als du gerade vor den Nachrichten saßt, weshalb ich warten musste. Dann erzählte ich, dass wir heute in der Schule über den Zweiten Weltkrieg gesprochen hatten und dass der Zweite Weltkrieg 1938 in Österreich begonnen hat. Ich erinnere mich noch genau an deinen verwunderten Gesichtsausdruck und daran, dass du mich sofort korrigiert hast. Nein, hast du gesagt, der Zweite Weltkrieg hat 1939 mit dem Einmarsch Hitlers in Polen begonnen. Dein Ton ganz ruhig. Du bist einfach von einem Missverständnis ausgegangen. Dass ich es mir falsch gemerkt habe. Aber ich schüttelte beharrlich den Kopf, stand auf und holte mein Geschichtsbuch. Ich dachte damals, dass es unmöglich ist, dass ein Geschichtsbuch lügt. Ein gedrucktes Buch, aber insbesondere ein Geschichtsbuch, ist ja grundsätzlich der Wahrheit verpflichtet. Das dachte ich im Alter von zwölf Jahren. Wenn es gedruckt worden ist, mussten sich gebildete Menschen darauf geeinigt haben, dass es die Wahrheit ist. Ich ließ das aufgeschlagene Buch in deinen Schoß fallen und verschränkte die Arme vor der Brust. Du hast sorgfältig gelesen. Dann gabst du mir das Buch zurück und sagtest:

Entschuldige. Da habe ich mich wohl geirrt. *Ha. Daran erinnere ich mich nicht.*

Es ist sechs Minuten nach vier Uhr morgens, als ich den Laptop aufklappe, als ich erkenne, dass nur noch wenige Minuten unserer Gespräche übrig sind, als das Morgenblau die tiefschwarze Nacht verscheucht, ich sitze so aufrecht im Bett, wie ich eingeschlafen bin, wie ein Eisbär treibe ich auf meinen Gedankenschollen dahin, du warst mein Ein und Alles, du warst, was ich werden wollte, und selbst, wenn du es oftmals nicht verstehen konntest, drehten sich meine Entscheidungen immer um dein Wohlwollen und deinen Stolz, was du erlebt und erlitten hast, wollte ich zumindest nachempfinden können, ich wollte es mir nicht leicht machen in dem gemütlichen Leben, das du für mich geschaffen hast, also zog ich in Bruchbuden, ohne Wasser, ohne Strom, schlief im Winter draußen in einen Schlafsack gehüllt oder wachte in meinem Wagen bei Minusgraden auf, schleppte mein Wasser Liter für Liter und fragte mich dabei, ob es so oder so ähnlich gewesen sein muss, ich erlaubte mir keine Angst, sollte jemals ein Krieg ausbrechen und ich in Gefangenschaft geraten, wollte ich vorbereitet sein, ich übte mich in allem, nie wollte ich vor etwas davonlaufen, aber irgendwann hat sich die Angst, von der ich meinte, sie wie Staub von den Schultern klopfen zu können, bis in meine Knochen vorgearbeitet und heute schlottern meine Knie, sobald sich der Wind kräuselt oder ein Gewitter aufzieht.

Ich erzähle dir noch eine Geschichte aus Senju. In den Baracken war es kalt und man musste heizen. Aber es durfte nur die Kohle von der Baustelle, auf der wir gearbeitet haben, benutzt werden. Bloß war diese Kohle so schlecht, dass sie nicht richtig brannte. Eine sehr schlechte Qualität. Holz durfte man von der Baustelle nicht mitnehmen, Kohle schon, aber man fuhr mit einem Schlitten vom Lager zur Baustelle. Und da bin ich auf die Idee gekommen, auf der Baustelle immer neue Schlitten aus Holz zu bauen und mit denen die Kohle zu transportieren. Sobald ich im Lager ankam, verheizte ich den Schlitten und schüttete die Kohle weg. Die hat ja ohnehin nicht gebrannt. Irgendwann sind sie mir natürlich draufgekommen, weil sie ja gesehen haben, dass ein ums andere Mal ein neuer Schlitten von der Baustelle kommt. Aber die fanden das irgendwie so witzig, sodass sogar in der Lokalzeitung darüber berichtet wurde. Du lachst. Wir lachen. Das kann ich mir so gut vorstellen, sage ich, *warte, da fällt mir noch etwas ein.* Du lachst noch immer. *Also. Als ich in dem Zwischenlager in Lwów war, haben mir meine Eltern noch einen goldenen Zahn eingesetzt, eine Krone, damit ich im Lager etwas zum Tauschen haben würde. Und irgendwann kam der Tag, an dem ich beschloss, mir diesen Zahn auszuschlagen. Für Brot. Ich ging mit einem aus meiner Baracke in den Wald, damit er mir half, den Zahn auszuschlagen, und er schlug ihn aus, aber er lief dann damit weg und ich hatte weder das Gold noch den Zahn noch das Brot.* Du lachst. *Das war alles in Senju.*

Ich lache nicht mehr. Ich frage: In diesen ganzen Lagern und Gefängnissen, hattest du dort nie Freunde? Gab es denn keine Freundschaften unter den Gefangenen? *Siehst du, Kasia. Ich war in dem Lager in der polnischen Baracke und ich hatte keinen Kontakt nach Hause, aber andere schon. Und die bekamen Päckchen. Und jene, die Päckchen bekamen, behielten diese Päckchen für sich. Weil das Wichtigste in Senju war zu überleben. Verstehst du?* Ich nicke, aber ich verstehe es nicht. Ich nicke, und heute verstehe ich es. Ich nicke und frage: Warum hattest du keinen Kontakt nach Hause? *Meine Eltern sind nach Polen gezogen. Sambor gehörte ja nicht mehr zu Polen. Und ich hatte keine Adresse. Eine Tante, die irgendeine Cousine meiner Mutter war, reagierte nicht auf meine Briefe. Die Briefe von Zdzich kamen durch, aber meine kamen nirgends an. Außerdem erinnere ich mich nicht, ob ich überhaupt viel geschrieben habe. Man brauchte ja Papier, um zu schreiben. Ein Lager, Kasiu, das musst du verstehen. Dort gibt es keine Solidarität. In der polnischen Baracke, da war jeder für sich. Um zu überleben. Ich habe dir doch einmal erzählt, dass ich dort meinen Patriotismus verloren habe. Ich habe aufgehört, Patriot zu sein. Weil ich gesehen habe, dass auch wir Polen, wenn es ganz schlecht ist, wenn es hart auf hart kommt, dann kämpft nur noch jeder für sich. Und als mich dann dieser eine um mein Geld betrogen hat … Ich war alleine. Ich war stark. Auf der Baustelle, da fuhr ich mit der Schubkarre. Das hatte ich mir ausgesucht. Weil sonst musste man ununterbrochen arbeiten. Aber mit der Schubkarre, die wurde ja immer wieder beladen. Allerdings fuhr man mit der Schubkarre über eine Grube. Über der Grube lag so ein schmales Holzbrett, und wenn ich das Gleichgewicht nicht gehalten hätte, dann wäre ich in diese Grube mit flüssigem Beton gefallen. Der wurde dort hineingegossen. Aber ich habe das Gleichgewicht immer gehalten. Sie haben mich einen professionellen Schubkarrenfahrer genannt.* Du lachst. *Deshalb durfte ich den Job behalten. Es war hart dort. Eine schwere Zeit. Und dann endlich, eines Tages beim morgendlichen Appell, rief einer: Buchstabe B. Und ich sagte: Bryła. Er fragte: Name des Vaters? Ich antwortete: Zygmunt Stanisławowic. Und er: Pack deine Sachen zusammen. Du fährst ab. Erst dachte ich, dass ich doch noch in dieses Straflager gebracht werde. Aber dann fuhr ich nach Moskau. Auf die Łubianki. Zu der Zeit gab es einen Gerichtsprozess um die Führungsspitze der AK und in Moskau wusste man, dass ich im Verteidigungsstab der Führung in Lwów gewesen war. Deshalb dachten sie, dass ich etwas weiß, und hielten mich ein Monat lang fest. Diese Łubianki, das ist ein bekanntes Gefängnis für politische Gefangene. Auf der ganzen Welt ist das bekannt. Schlussendlich, ich weiß nicht warum, haben sie mich dann nach Brešć nad Bugiem gebracht. Das war eine Stadt, die an Polen grenzte. Dort haben sie mich hingebracht und ich musste unterschreiben, dass ich wüsste, dass ich die sowjetische Staatsbürgerschaft bekommen könnte, dies aber ablehnte und deshalb an die polnischen Behörden überstellt würde. Nachdem ich das unterschrieben hatte, saß ich noch zwei Wochen in einem Lager in Brześć nad Bugiem. Aber es gab keine richtige Überwachung mehr. Irgendwann wurden wir zum Bahnhof gebracht. Es wurde noch einmal gezählt und überprüft. Einige wurden noch aus diesem letzten Transport herausgezogen. An der Grenze luden sie uns in Lastwägen. Auf der russischen Seite kam nochmals ein Russe und zählte. Der polnische Beamte zählte nicht mehr, sondern winkte nur noch durch.* Jetzt lachst du erleichtert. *Auf der polnischen Seite bekam ich einen Ausweis. Und so bin ich nach Polen zurückgekommen. Aber das ist ein eigenes Kapitel. Darüber erzähle ich dir später. Was meinst du? Reicht es uns für heute?* Echt jetzt, frage ich. Aber es war doch noch gar nicht lange. *Eine halbe Stunde.* Wirklich? *Es ist halb sechs.* Aber wir haben doch um Viertel nach begonnen. *Nein.* Doch. Bist du schon zu müde? *Ja. Ich bin müde. Ich glaube, es reicht für heute.*

Dritter Teil

Dann sagte sie schließlich, dass sie die Gesellschaft dafür verabscheut, was sie »Frauen wie mir« angetan hat – Frauen, die sich selbst so sehr hassen, dass sie meinen, wie Männer aussehen und sich verhalten zu müssen. Ich spürte, wie ich zusammenzuckte und rot wurde, und ich erzählte ihr ganz cool und gelassen, dass es Frauen wie mich schon seit ewigen Zeiten gegeben hätte, bevor es Unterdrückung gab …

Leslie Feinberg, Stone Butch Blues

Nackt zu schwimmen, war mir als Kind immer das Liebste auf der Welt. Mich im Wasser zu bewegen, das sich wie ein gewichtloser Ganzkörperanzug an mich schmiegte, allumfassend und trotzdem gewaltlos, weil im Wasser Körperzuschreibungen an Bedeutung verlieren, ob dick, dünn, männlich, weiblich, trans, es ist egal und was ist ein Badeanzug ohnehin anderes als ein Fetzen Plastik zwischen Körper und Wasser, zwischen dem Körper und einer Bewegung in Freiheit, zwischen dem Körper und seiner Einordnung in dieser Welt? Ein Fetzen Plastik, der dermaßen am Körper klebt, dass jede Wölbung und Falte erkennbar werden, aber trotzdem wird auf den Plastikfetzen bestanden und oftmals reicht nicht einmal der, und weiblich gelesene Körper dürfen nur in weiten Kleidern oder Ganzkörperanzügen ins Wasser. Irgendwann als ich älter wurde, durfte ich nicht mehr überall nackt schwimmen, sodass ich vergaß, dass es diese Freiheit gegeben hatte, und erst als ich mit Anfang zwanzig den FKK-Bereich der Donauinsel entdeckte, erinnerte ich mich zurück und begriff sofort, dass ich nie wieder darauf verzichten wollte, dass ich bereit wäre zu kämpfen, um mich bis ans Ende meines Lebens nackt durch Wasser bewegen zu dürfen, dass ich mich mit einem Speer auf die Straße stellen würde.

Ich bin 26 Jahre alt und erzähle dir am Telefon, dass ich seit einer Woche in einem besetzten Haus wohne, mit vielen Menschen ohne Papiere, und du fragst, ob das nicht illegal sei, und ich entgegne, dass du, als du jung warst, auch illegale Sachen gemacht hast, weil sie richtig waren, und ich sage, Leerstand muss genutzt werden und die Häuser denen, die drin wohnen, und kein Mensch ist illegal, und du lachst und sagst, okay, wenn du meinst, solange du dein Studium abschließt, aber ich sehe, dass es dir gefällt, und als ich ein Jahr später erzähle, wir werden wahrscheinlich geräumt und ich komme ins Gefängnis, fragst du, ob ich einen Anwalt brauche, und dass ich mir keine Sorgen machen solle, dass du mir gegebenenfalls den besten Anwalt besorgst, aber dann komme ich doch nicht ins Gefängnis, weil wir nicht geräumt werden, und ich lebe weiter mit Menschen ohne Papiere, gehe rassistische Gerichtsprozesse beobachten, organisiere Demonstrationen gegen Faschismus und Rassismus und gegen Gewalt gegen Frauen und tanze auf der Regenbogenparade und du fragst, wie es um mein Studium steht, und ich frage dich, wann du aufgehört hast, für eine bessere Welt zu kämpfen, und du antwortest, dass du nie für eine bessere Welt gekämpft hast, sondern für Polen.

Auf der Rückenlehne der Holzbank vor Gerhilds Wagen sitzt Karl mit ausgebreiteten Flügeln, die seitlich herabhängen, sein Schnabel steht halb offen und die Lider ziehen nach oben, um die Augen vor der Sonne zu schützen, die runterbrennt wie der Zorn Gottes, wie die Zigarette zwischen deinen Fingern, obwohl du zu rauchen aufgehört hast, aber als ich dir mit 18 Jahren erzähle, dass ich lesbisch bin, holst du dir ein Päckchen. Es ist kurz vor meiner mündlichen Matura im Jahr 1996, und wir sitzen auf der Terrasse vor dem Haus in Wien, wo ihr, seit ich 15 Jahre alt war, kaum noch Zeit verbracht habt, weil es dich nach der Wende und deiner Pensionierung 1991 zurück nach Polen gezogen hat, wie es die Saatkrähen im März aus Wien zurück nach St. Petersburg zieht, nun, da dein Polen endlich die Demokratie geworden war, für die du gekämpft hattest, für meinen Schulabschluss seid ihr aber nach Wien gekommen, nur das mit dem Lesbisch-Sein ist dann doch schwierig für dich, weil du glaubst, es läge an dir, dass du als Mann ein schlechtes Bild abgegeben hast und deine Tochter deshalb so, nämlich so, in ihr Erwachsensein tritt, dass du dich nicht so wichtig zu nehmen brauchst, sage ich und frage, ob du niemals einen Mann begehrt hast, du überlegst, gehst zurück bis zu den Jahren im Gulag, wo dir ein Wärter Sex angeboten hat, du aber abgelehnt hast, nein, sagst du, nie, ergänzt du, und Karl hat genug von der Hitze, sieht von Gerhilds Holzbank zu mir herüber, den Schnabel noch immer halb offen, ich sitze heute wie damals im Liegestuhl, ein rosa Käppi ins Gesicht gezogen, und erinnere dich an einen Film, den wir, als ich 13 Jahre alt war, gemeinsam im Fernsehen gesehen haben, in dem ein Vater seinen Sohn verstößt, nachdem dieser ihm gesteht, homosexuell zu sein, und du mich daraufhin fragtest, was ich von einer solchen Reaktion halte, dass ich sie für falsch halte, antwortete ich, dass niemand jemals aufhört, jemandes Sohn oder Tochter zu sein, ob homosexuell oder nicht, und was das für ein Vater sei, der deswegen sein Kind verstößt, dann sah ich dich an, meine Augenbrauen zusammengezogen, wie du es häufig getan hast, ohne zu wissen, dass eines Tages ich die Tochter sein würde, die sich outet, und du pflichtetest mir bei, ohne zu wissen, dass eines Tages du der Vater sein würdest, der eine derartige Entscheidung zu treffen hat, obwohl wir es beide schon damals geahnt haben, aber mit dem Gespräch nach dem Film schlossen wir einen Pakt, an den ich dich 1996 auf der Terrasse vor deinem Haus in Wien erinnere, weil ein Pakt zwischen Vater und Tochter zwangsläufig mit Blut besiegelt ist, nicht deine Akzeptanz oder Toleranz brauche ich, deine uneingeschränkte Unterstützung fordere ich, wovon du ohnehin ausgehst, weshalb dein Zögern auf meiner Haut brennt, als du die Zigarette im Kristallaschenbecher ausdämpfst, und Karl verlässt die Holzbank, gleitet mit zwei Flügelschlägen zu mir und landet ungelenk vor meinen Beinen mit dem Schnabel am Beton, aber immerhin ist er geflogen, wenn auch hinunter, von der Rücklehne der Bank bis zu mir sind es mindestens fünf Meter, Karl krächzt und hüpft auf mein Knie, ob ich es gesehen habe, ich nicke wiederholt, streichle ihn zwischen den Flügeln, das ist unglaublich, sage ich, du bist richtig geflogen, richtig geflogen, mein Engelchen krächzt erneut, sieht von meinen Knien zu meinem Gesicht hoch, eine Belohnung, erinnere ich mich, das richtige Verhalten belohnen, ich springe auf und hole ein Ei aus dem Küchenwagen, schlage das Eigelb auf einen Teller und serviere es meinem Schatz, als ich sieben Jahre alt war, wünschte ich mir, im Wasser abzutauchen und dort zu verschwinden, wie der stumme Junge mit der Wasserschildkröte aus dem Film The Silent One 1985, der sich nach einem Leben als Aussätziger dafür entscheidet, lieber in den Weiten des Ozeans mit seiner weißen Schildkröte zu sterben, als bei den Menschen zu bleiben, die ihn verachten, Karl schlürft das Eigelb und nimmt wieder auf meinem Knie Platz, eine Urlaubspostkarte von Estha, die gestern ankam, liegt vor mir auf dem Tisch, ich nehme sie in die Hand, fächle damit herum, kratze mir die Nase, fahre mir damit durch die Haare, lege sie zurück auf den Tisch neben das Smartphone und den Laptop, den ich kaum noch aufklappe, und streichle Karls Kopf.

Sind es nicht 35 Menschen, mit denen du hier zusammenlebst, ich nicke und beobachte von meinem Liegestuhl aus, mit Karl auf meiner Schulter, das Treiben im und rund um das Wohnzimmer des Wagenplatzes. An den Plenas habe ich seit der Krankheit kaum noch teilgenommen, obwohl ich eigentlich längst wieder gesund sein sollte, meine Schonfrist ist abgelaufen und niemand außer Henrike weiß etwas mit meinem chronifizierten Zustand anzufangen, *hast du nicht behauptet, dass deine Kollektive anders sind als der Rest der Welt,* ich zucke mit den Schultern, und Karl verliert durch meine Bewegung das Gleichgewicht, landet gerade noch mit den Krallen auf dem Boden und sieht irritiert zu mir hoch, entschuldige, sage ich, biete meine Hand zum Aufstieg an, aber er lehnt ab, hüpft allein auf den Gartentisch und pickt auf mein Smartphone ein, bis ich es ihm entziehe, das habe ich, antworte ich, aber damals war ich jünger und gesund, *sollten deine Mitbewohner nicht zumindest zu deinen Symptomen recherchieren und versuchen dir zu helfen, sollte dich nicht jemand zum Arzt begleiten, sollte sich nicht zumindest jemand für dein Befinden interessieren,* sie haben alle Angst, entgegne ich, du lachst, aber Karl lacht nicht, sondern beschwert sich weiterhin, mir ist der Glaube an Utopien in den letzten Monaten abhandengekommen, *würdest du heute für ein freies Polen kämpfen?* Karl pickt auf das Buch ein, das auf dem Tisch liegt, doch, antworte ich, ich denke schon, ich denke, dass ich immer für eine Demokratie kämpfen würde, ich würde immer für das Recht kämpfen, offen sein zu dürfen, wer ich bin, offen lesbisch zu sein, *aber für Polen?*, ich nehme Karl das Buch weg und lege es auf meinen Schoß, damals auf jeden Fall, sage ich, und dass ich mich dem Untergrund angeschlossen hätte, denn weder unter Hitler noch unter Stalin wäre ein freies Leben für mich möglich gewesen, *aber Polen?*, aber was meinst du denn, frage ich hilflos, *die polnische Sprache, die polnische Kultur, bedeutet dir das denn nichts*, ich weiß nicht, antworte ich zögerlich, denn ich habe fast mein ganzes Leben außerhalb der polnischen Kultur und Sprache verbracht, Karl öffnet feindselig den Schnabel, seine Augen funkeln mich an, *verspürst du denn kein bisschen Patriotismus*, ich überlege lange, beim Lesen von Jan Karskis Bericht an die Welt, antworte ich schließlich, habe ich nahezu ununterbrochen geweint, ich weinte, weil ich so berührt davon war, wie konsequent Polen die Kollaboration mit den Nazis verweigert hat, ich weinte bei den Folterszenen, den Beschreibungen des Warschauer Ghettos und des Vernichtungslagers, aber ich weine auch bei jedem Film, in dem eine Widerstandsgruppe kämpft oder sich einzelne Menschen gegen Ungerechtigkeiten auflehnen, es stimmt, dass ich stolz bin, wenn ich mich daran erinnere, dass Polen die erste Demokratie Europas war, und dass ich mich schäme, wenn ich über antisemitische Vorfälle, frauenfeindliche Gesetze oder lgbtiq-freie Zonen lese, aber ich denke nicht, dass Pol*innen bessere Menschen sind, genauso wenig wie

Queers oder Jüd*innen oder überhaupt irgendwer, und hätte ich dir nicht ein Versprechen gegeben, ich würde all diese Bücher über polnische Geschichte, den Zweiten Weltkrieg, den Holocaust und die Gulags vermutlich nicht lesen, das Smartphone vibriert und eine Nachricht von Estha leuchtet auf, ich zögere, dann stecke ich das Smartphone, ohne die Nachricht zu lesen, zurück in meine Hosentasche, wenn Karski über seine Folterungen durch die Gestapo schreibt, denke ich beim Lesen an dich und mir wird übel, und ich frage mich, wie es möglich ist, weiterleben zu wollen, nachdem man mit eigenen Augen gesehen und am eigenen Körper gespürt hat, wozu der Mensch fähig ist, aber du wolltest trotzdem weiter leben, obwohl es doch kaum auszuhalten ist, und wäre da nicht, dieser mit Vater-Tochter-Blut besiegelte Pakt, ich hätte das Buch von Karski nach den Folterszenen zugeklappt und zurück in ein Regal gestellt, ich würde nicht hier sitzen und versuchen mir all das, was du erlebt hast, vorzustellen, würde nicht abwägen, welche meiner Tränen dem Mitgefühl und welche dem Selbstmitleid geschuldet sind, würde mich nicht jeden Tag von Karl anschreien lassen, aber sofort, als hätte der Vogel meine Gedanken gelesen, erinnert mich mein Engel daran, dass ich auch ihm ein Versprechen gegeben habe. Karl wetzt seinen Schnabel an meinen Fingern, jeglicher Groll ist aus seinem Ausdruck gewichen, nur noch Spiel und Liebe strahlt er aus, *dir ist nicht zu helfen*, hast du früher immer gesagt und wir haben beide darüber gelacht, ich denke nicht, dass ich lange im Untergrund überlebt hätte, aber ich denke, dass ich immer darauf geachtet hätte, Gift bei mir zu tragen, und ich denke, dass ich auch einen Gulag nicht überlebt hätte, dass ich wie dein Bruder, mein Onkel Zdzich, dort gestorben wäre, dass ich nach einer Weile entweder Essen gegen Zigaretten getauscht hätte oder wie du in der Kälte stehen geblieben wäre, aber was weiß ich schon, also hole ich, statt mir weiter den Kopf zu zerbrechen, ein paar Erdnüsse aus dem Wagen und fange an, sie zu verstecken, und Karl folgt mir und holt die Erdnüsse aus den Verstecken und versteckt sie woanders.

Noch immer wische ich Estha jedes Mal, wenn sie anruft, trotzig vom Screen und ignoriere ihre Nachrichten, obwohl ich mich nach ihrer Stimme sehne wie ein Welpe nach Muttermilch, obwohl ich einer Amsel gleiche, die nicht mehr singt, und weil es keinerlei Beweise dafür gibt, dass mit dem Tod das Leid nachlässt, möchte ich dem Leben noch eine Chance geben, für Karl, für meine Mutter, für einen weiteren Sonnenaufgang in Rosa-, Lila- und Blautönen, packe ich mich zusammen und mache mich auf den Weg zum Pneumologen, dessen Praxis ein paar Häuserblöcke näher liegt als die der Hausärztin, die ich genötigt habe, ein kurzes Telefonat mit einem befreundeten Pneumologen zu führen, ja, eine Covid-Patientin. Ja, aber mit negativem Test. Genau. Post-Myokarditis. Noch immer kurzatmig. Ja. Ja. Zeitnah. Eine Woche später hatte ich den Termin, weil in dieser Welt nur die überleben, die auf das Leben beharren, wie Karl, der vor Gerhilds Wagen stand und schrie, bis ihn jemand aufnahm und fütterte, der heute noch immer schreit, sobald ich ein Buch aufschlage, den Laptop aufklappe oder die Tür meines Wagens zuziehe, um allein ein Butterbrot zu essen, die Praxis ist voller Lungenkranker, die husten und schnupfen und nach Luft schnappen und keine Masken tragen, weil die Maskenpflicht für den Sommer ausgesetzt ist, ich ziehe meine straffer, setze mich in den Gang und warte, atme angestrengt unter der Maske, bis ich aufgerufen werde, zwischen dem Ein- und Ausatmen in einer Plastikkabine, die auch ohne Platzangst eine Herausforderung ist, wird mir Blut abgenommen und verschiedene Reizstoffe werden in meinen Unterarm gepiekt, außer einer leichten Histaminintoleranz zeichnet sich keine Allergie ab, auch der Lungenfunktionstest ist in Ordnung, warum also die anhaltende Kurzatmigkeit, frage ich den Arzt, der mit mir die Testergebnisse durchsieht, ein leichtes Asthma sei erkennbar, erklärt er und verschreibt mir einen Spray, den ich bei Bedarf nehmen und in zwei Wochen zur Kontrolle kommen solle, auch ein Check in der Kardiologie wäre sinnvoll, die Blutergebnisse könne ich morgen online abrufen, ich bedanke mich und trotte aus der Praxis hinaus in eine hellgrüne Allee, Blätterwerk, in dem das Sonnenlicht spielt, hole mir in der Bäckerei neben dem Lidl einen Cappuccino und ein Croissant, wie früher auf dem Rückweg von der Therapie, um mich dafür zu belohnen, hingegangen zu sein, und setze mich mit Kaffee und Papiertüte auf die Bordsteinkante, tunke Croissantfetzen in das hellbraune Getränk und beobachte Himmel, Wolken und Vögel. Auf dem Schornstein des Hauses gegenüber sitzt eine Krähe und krächzt mehrere Male in alle Richtungen, wahrscheinlich ist es eine der erwachsenen Rabenkrähen, die morgens auf der Esse meines Wagenplatzes das Revier ihrer Kleinfamilie überwacht, weil jede Krähenfamilie ein eigenes Revier hat, neben den Junggesellengruppen, die ebenso Reviere in Anspruch nehmen, ich winke ihr zu, wie ich Karl zuwinke, sobald ich nach Hause komme, er wird beim Baumklettern zunehmend wendiger, und die Höhen, aus denen er hinuntergleitet, steigert er täglich, als ich 16 Jahre alt war, begriff ich, dass ich mich nur in Frauen verlieben würde, als ich 18 wurde, schlug ich einem Schulfreund vor, gemeinsam in die Rosa-Lila-Villa zu gehen, ein ehemals besetztes Haus in Wien, in dem im Laufe der 1980er Jahre Wohngemeinschaften, Beratungsstellen und ein Restaurant für Homosexuelle ansässig wurden und blieben und auf dessen Fassade noch immer in Großbuchstaben Lesben- und Schwulenhaus geschrieben steht, auf einem meiner Streifzüge durch Wien hatte ich das rosa Gebäude entdeckt und gedacht, es könnte etwas mit mir zu tun haben, ich kannte ja niemanden, der so war wie ich, es gab noch kein Internet mit hochgefütterten Suchmaschinen, was bleibt dir übrig, sagte ich damals zu mir selbst, als dich auf die Suche zu begeben, also betrete ich mit 18 Jahren gemeinsam mit meinem Schulfreund das Lesben- und Schwulenhaus in Wien, wir öffnen die Tür zu dem Restaurant, in dem alle Tische besetzt sind, und auch an der Bar gibt es keine freien Plätze, die Wände sind auch rosa und die Beleuchtung hell, Gloria Gaynor trällert im Hintergrund, es wirkt gemütlich und schick und die Portionen auf den großen Tellern sind zu elegant, um davon satt zu werden, fasziniert wandere ich mit meinen Blicken durch den Raum, zur Bar und zurück und möchte meinem Freund meine Eindrücke mitteilen, aber um ihn herum steht bereits eine Traube Männer und mir wird bewusst, dass er schön ist und dass das nicht nur Frauen auffällt, weshalb ich akzeptiere, dass ich auf mich allein gestellt bin, mich auf einen leeren Hocker an der Bar setze und einen Apfelsaft gespritzt bestelle, neben mir sitzt eine Frau und starrt in ihr fast leeres Bierglas, sie ist mindestens doppelt so alt wie ich, wirkt müde und so, als würde sie nach dem Getränk gehen wollen, unruhig sehe ich mich um und überlege, ob es verkehrt wäre, mich einfach an einen der Tische dazuzusetzen, verwerfe die Idee und wende mich stattdessen meiner Nachbarin zu, hallo, sage ich, und dass ich zum ersten Mal hier sei, sie sieht mich gleichgültig an, ob es noch mehr solche Lokale gebe, frage ich unbeirrt weiter und füge hinzu, dass ich erst 18 Jahre alt sei, was immerhin bewirkt, dass sie sich aufrichtet und kurz lächelt, dann dem Kellner zuwinkt und noch ein kleines Bier bestellt, ob sie lesbisch sei, frage ich, sie nickt, und ob sie das schon immer gewusst habe, frage ich weiter, während mein Blick erneut durch das Restaurant streift, in dem Frauen mit langen und kurzen Haaren sitzen, Frauen, die aussehen wie Männer, und solche, die Röcke tragen, einige sind geschminkt, woraus ich schlussfolgere, dass Lesben aussehen wie alle Frauen, woraus ich schließe, dass dieses Wort auch auf mich zutreffen könnte, weil Lesbischsein offenbar weder ein spezielles Aussehen noch ein konkretes Verhalten voraussetzt, weshalb die Aussage, ich bin lesbisch, wahr sein könnte, überlege ich, als hätte ich eine Wahl, unterdessen ist meine Nachbarin bestrebt, mich mit allen Informationen bezüglich lesbischwuler Lokalitäten und anstehender Events auszustatten, und betont zwischendrin immer wieder, dass sie liiert sei, es ist das Jahr 1996, in dem mein lesbisches Leben beginnt, von dem ich hoffe, dass es besser werden wird als das bisherige, dass es eines wird, das ich will, und nicht eines, in das ich hineingezwungen wurde, eines, für das ich bereitwillig kämpfen würde, wie für das Nacktschwimmen, um gemeinsam mit anderen eine Welt zu erschaffen, in der wir so leben können, wie wir wollen, und heute blicke ich auf meine Wünsche und Hoffnungen zurück und erkenne, dass trotz jahrzehntelanger Kämpfe der Großteil der Erde für mich Kriegsgebiet bleibt, in dem ich entweder meine Identität verleugne oder Gefahr laufe, beleidigt, lächerlich gemacht, gedemütigt, verprügelt, vergewaltigt, eingesperrt oder getötet zu werden, Landstriche, in denen ich nicht unbeschwert meinen Alltag bestreiten könnte, es sei denn, ich besäße ausreichend Geld, um mir Sicherheit zu kaufen, und selbst dieser Umstand würde mir nichts garantieren, wie in deinem Polen, als 2005 die extrem rechte PiS-Partei zum ersten Mal an die Macht kam und in Warszawa die Regenbogenparade von polnischen Neonazis angegriffen wurde, während die polnische Polizei danebenstand und zuschaute oder den Neonazis Steine reichte, das war, als du aufhörtest, Freund*innen oder Bekannten zu erzählen, dass deine Tochter lesbisch ist, als du mir zu deinem achzigsten Geburtstag erklärtest, dass ich gemeinsam mit meiner Lebensgefährtin zu viel Aufmerksamkeit erregen würde und sie somit auf der Feier nicht erwünscht sei, woraufhin auch ich nicht kam, du aber bedenkenlos einen Bekannten einludst, von dem du wusstest, dass er seine Frau schlägt, und als ich dich auf all diese Umstände und Widersprüche hinwies, entgegnetest du, dass man politisch immer Kompromisse eingehen müsse und die PiS die einzige Partei sei, die sich traue, mit den ehemaligen Kommunisten abzurechnen, ob du dafür in Kauf nehmen wolltest, dass deine Tochter bedroht würde, fragte ich, dass es nicht notwendig sei, sein Begehren öffentlich breitzutreten, meintest du und sahst mich an, als wäre es nicht mein Grundrecht, mich kleiden zu dürfen, wie es mir beliebt, und an öffentlichen Orten zu küssen, wen ich wolle, was mit den Rechten von Frauen sei, drängte ich, du schütteltest den Kopf, das täte auch dir leid, aber heute, wo du älter seist, würdest du die Sache mit der Abtreibung anders sehen, und ich bebte und fing an zu schreien und weinte und warf die Tür hinter mir zu und schwor, nie wieder zu kommen, bis du anriefst oder eine versöhnliche Mail schriebst, bis du mir punktuell recht gabst oder ich mich verpflichtet fühlte, weil ein Blutspakt in beide Richtungen geht und ich niemals meinen Teil der Abmachung gebrochen hätte, weil ein Versprechen ein Versprechen ist, stehe ich von der Bordsteinkante auf, schmeiße den Kaffeebecher in den Müll und schlendere nach Hause zu Karl und meinem Wagen, zu Esthas SMS, Sprachnachrichten und Postkarte, zu meinem Laptop, auf dessen Festplatte deine Stimme ruht und ein Text darauf wartet, fertiggeschrieben zu werden, und sehne mich danach, mehr Zeit mit dir gehabt zu haben, und sehne mich danach auch nicht.

Die extreme Hitze hält seit mehreren Tagen an, weshalb vom Deutschen Wetterdienst die Waldbrandgefahrenstufe auf 4 von maximal 5 erhöht wird und der Beton mir durch die Clogs bis in die Fußsohlen hochbrennt, sodass Karl und mir sogar das Spazieren über den Platz zu anstrengend ist, obendrein sind die Ballen seiner Krallen empfindlich und meine Verdauung reagiert auf das Asthmaspray mit immer stärkeren und häufigeren Durchfallattacken, also möchte ich mich nicht allzu weit von der Toilette entfernen und sorge mich gleichzeitig ob der steigenden Menge Toilettenpapier, weil dieses normalerweise in eine Feuertonne geworfen und angezündet wird, ich mich momentan aber vor einem offenen Feuer scheue, deshalb drücke ich jedes weitere Papierknäuel in den Emaileimer so weit als möglich nach unten, um Zeit zu gewinnen, da morgen der Regen kommen könnte, da sich vielleicht mein Darm an das Medikament gewöhnen wird, allerdings tritt weder das eine noch das andere ein, und am nächsten Tag kommt Henrike und zündet das Toilettenpapier an und verbietet mir, das Asthmaspray weiterhin zu benutzen, und setzt einen Kaffee für uns beide auf und ich vergesse innerhalb weniger Minuten, wie sich Einsamkeit und Verzweiflung anfühlen, und wundere mich, wie total ein Gefühl in einem Moment sein kann und wie flüchtig im nächsten.

Ich sitze erneut im Wartebereich des Pneumologen, werde aufgerufen und blase in Rohre, sehe mir mit dem Arzt die Ergebnisse an und bekomme einen anderen Asthmaspray verschrieben, da sich weiterhin an meiner Kurzatmigkeit nichts verändert hat, überlege ich, ob es der Mühe wert ist, ob ich es überhaupt versuchen soll oder besser abwarten und mich mit Henrike beraten, ob sich meine Lungen und die Bronchien von selbst erholen werden und irgendwann auch das Herz, das bereits alles bekommen hat, was es in diesem Leben wollte, außer Estha, der ich begegnete, und so wie Proust über den Geschmack der in Tee getunkten Madeleine in seine Kindheit zurückfiel, so brachte mich Esthas Geruch, als sie sich zur Begrüßung zu mir hinunterbeugte, um mir die Wangen zu küssen, zurück in meine Jugend, als ich 16 Jahre alt war und mich zum ersten Mal in eine Frau verliebte, und ich verstand, dass Estha unausweichlich werden würde, und heute steige ich mit Henrike die Treppen zum Völkerschlachtdenkmal hinauf und sehe sehnsuchtsvoll nach unten, bis Henrike mir auf die Schulter klopft und hej, sagt, hörst du mir überhaupt zu, und lachend den Kopf schüttelt, bloß habe ich die letzten 14 Tage, als Henrike auf Urlaub war, ausschließlich mit dir und Karl gesprochen, Konversationen, die hauptsächlich in meinem Kopf stattfanden und eine andere Konzentration erforderten als jetzt das Gespräch mit Henrike, was sagst du dazu, fragt sie, ja, antworte ich und versuche mich daran zu erinnern, was sie mir eben erzählt hat, in einem Monat gehe ich wieder aufs Schiff, fährt Henrike fort, und ohne auf meine karge Reaktion zu achten, sieht sie nach oben, in den Himmel, Seenotrettung, fällt es mir wieder ein, die Antwort von Sea Watch über eine Festeinstellung ist wohl endlich eingetroffen, darauf hat Henrike seit einem halben Jahr gewartet, nun wird es also wahr werden, meine beste Freundin, die Heldin. Als wir vom Völkerschlachtdenkmal zurück auf den Platz kommen, sitzt Karl im Baum und krächzt, lieber wäre er auf meiner Schulter, aber Henrikes Anwesenheit behagt ihm nicht, das ist super, sage ich und überlege, wie lange sie wohl weg sein würde, zwei Monate, antwortet sie, sieht mich besorgt an, weshalb ich aufstehe und in den Wagen hochsteige, um uns einen Kaffee aufzustellen, damit sie das Glasige in meinen Augen nicht bemerkt, aber bis dahin bin ich hier, ruft sie mir nach, ich schraube die Espressokanne auf, leere Wasser hinein und schütte das Pulver in das Sieb, die Flamme des Campingkochers flackert auf, mein Blick ruht auf den zwei Herdplatten, warum ich eigentlich noch hier bin, überlege ich und stelle die Espressokanne auf, sollte Henrike ab jetzt regelmäßig zur See fahren, würde ich sie nur noch alle zwei Monate sehen, was hält mich noch, Karl krächzt, die Espressokanne gluckert, ich drehe das Gas zu und verteile den Kaffee auf zwei Tassen, trage sie nach draußen, wo Henrike mit einem Lächeln im Gesicht etwas in ihr Smartphone tippt, Kaffee!, verkünde ich und stelle die Tasse dicht neben das Smartphone, sie sieht zu mir hoch, sie hat mit meiner uneingeschränkten Zustimmung gerechnet, immerhin wird ihr Traum wahr, worauf sie die letzten Jahre hingearbeitet hat und wer sollte das besser verstehen als ich, die seit sieben Jahren alles beiseiteschiebt, um dem Schreiben den Weg freizulegen, der Verlagsvertrag ist unterschrieben, aber es fehlt an Seiten, weil ich den Ton nicht finde, in der letzten SMS erkundigt sich Estha nach meinen Fortschritten, bietet an, etwas zu lesen, ein Wolf im Schafspelz, ich setze mich neben Henrike, das ist großartig, sage ich und ergänzend: wirklich!, und im Nachgang: vielleicht ziehe ich zurück nach Wien, und was wird aus Karl, fragt sie, sagt nicht, ich werde dich vermissen, nicht, bitte bleib, irgendwann wird Karl wegfliegen, antworte ich, dann wird er anderen Krähen begegnen und mich vergessen, Estha wird sich freuen, überlegt Henrike laut, daran hatte ich noch nicht gedacht, aber jetzt, nachdem es Henrike ausgesprochen hat, spüre ich deutlich, dass es nicht stimmt, dass mich Estha genau dort haben möchte, wo ich bin, und nicht in der Nähe ihres eigentlichen Lebens, wie wirkt das neue Asthmaspray, fragt Henrike, ich ziehe die Schultern hoch und klappe die Unterarme ratlos nach außen, ich habe es noch nicht ausprobiert.

Ich wache auf und denke an Karl, fasse mir ins Gesicht und merke, dass um meinen Mund herum und bis zum Kinn Bartstoppeln gewachsen sind, bei denen jeder Teenagerboy neidisch werden würde. Seit mindestens einer Woche habe ich mich weder rasiert noch in einen Spiegel geschaut, in meinem Wagen hängt nur ein sehr kleiner neben der Spüle und auf dem Klo gibt es keinen, die letzte Dusche ist wohl ebenso lange her wie die letzte Rasur, versonnen streichle ich die Härchen, versuche mich zu erinnern, wann ich sie das letzte Mal wachsen ließ, und falle dabei in mein zwanzigstes Lebensjahr zurück, als es mir Spaß machte, meine Brüste abzubinden, die Unterhose mit einer Socke auszustopfen und so durch die Stadt zu flanieren, meine Gesichtszüge und meine Körperhaltung erlaubten mir immer ein kompromissfreies Passing, besonders auf längeren Reisen war dieser Identitätswechsel sehr hilfreich, wie in Indien, wo ich eines Nachts im Zug auf meiner Pritsche aufwache und sehe, dass sich ein Mann dazugelegt hat, obwohl die Plätze nur einzeln verkauft werden, reflexartig fahre ich hoch und will schreien, denke im ersten Moment, dass ich eine Frau bin und mich nun in Gefahr befinde, im nächsten Moment erinnere ich mich an mein Aussehen, sehe mich im Waggon um, auf etlichen Pritschen liegen zwei Männer nebeneinander und schlafen, in der Früh weckt mich einer der Reisenden, um mich an meine herannahende Station zu erinnern, ich habe nie zuvor ein Wort mit ihm gewechselt, aber im Waggon musste es sich herumgesprochen haben, also richte ich mich auf. Der Mann, der neben mir geschlafen hat, ist verschwunden, ein anderer bietet mir eine Bidi an, mit der stelle ich mich zu einer offenen Waggontür und rauche. Wie sie aufeinander achten, dachte ich damals, aber vielleicht hatten sie mich nur schön gefunden. Was auch immer der Grund für die Aufmerksamkeit gewesen ist, sie hatte sich angenehm warm angefühlt, eine Art des Aufgehobenseins, das es für Frauen unter Männern in dieser Form nicht gibt, keine meiner Freundinnen, die zur selben Zeit durch Indien gereist sind, hatte etwas Ähnliches erlebt, im Gegenteil, mit den Jahren habe ich mir trotzdem das Rasieren genauso angewöhnt, wie ich auf das Abbinden der Brüste und Ausstopfen der Unterhosen verzichtete, einige Härchen zwischen Unterlippe und Kinn ließ ich bis Mitte dreißig stehen, bis in Polen zum zweiten Mal die PiS die Regierungsmehrheit stellte, dann rasierte ich auch diese ab, kaufte mir einen Rock und ein Kleid und brachte mir bei, mich zu schminken, damit ich, sollten es die Umstände erfordern, auch andersrum passen konnte, seither habe ich mich so sehr an das Rasieren gewöhnt, dass ich auf die Unbeschwertheit bei meinen alltäglichen Besorgungen nicht mehr verzichten möchte, obwohl mir die Härchen fehlen, obwohl ich mir selbst mit Bart am besten gefalle, obwohl ich weiß, dass auch Estha mein Bart gefallen würde, werde ich ihn noch heute abrasieren, noch bevor sie mir vorschlägt zu skypen, Karl krächzt vom untersten Ast der Pappel zu mir herab, warum ich noch immer im Wagen sei, fragt er, ich antworte nicht und denke an Estha, lese schließlich eine SMS nach der anderen, höre die Sprachnachrichten ab und fische die Postkarte aus dem Altpapier.

Mein Herz rast so schnell, dass ich mit einem Satz vom Hochbett unten und aus dem Wagen raus bin und mitten auf der Betonplatte stehe, umgeben von Wägen und Lastern mit dunklen Augen, außer dem von Gerhild, die gestern aus dem Urlaub zurückgekommen ist und bei der wie immer laut Musik läuft und die möglicherweise bei Licht eingeschlafen ist, ich schnappe nach Luft und möchte das Herzrasen auslaufen, mich so lange bewegen, bis dieser Körper müde wird, aber dafür bekomme ich zu wenig Luft, weshalb ich mich nur um mich selbst drehe, mir an den Kopf fasse, weil die Kopfhaut prickelt, als wäre ich auf Speed, ich mache ein paar Schritte nach vor, dann wieder zurück, bevor mich das Herz geweckt hat, träumte ich von Ratten, die sich durch die Bodenplatten des Wagens in mein Zuhause hineinnagen, während ich einer Ex-Freundin beteuere, sie für immer zu lieben, und gleichzeitig weiß, dass ich sie bereits betrüge, der Sternenhimmel ist bedrohlich klar und niemanden kümmert mein Zustand, ich taste meine Hosentaschen nach dem Smartphone ab, aber es liegt im Wagen, vielleicht könnte ich Estha erreichen, oder Draußen-Tanja, vielleicht würde Draußen-Tanja vorbeikommen und mir erklären, was mit mir geschieht, obwohl sie keine Ärztin ist, ich schleiche mich an Henrikes Wagen heran, lege mein Ohr an die Tür, es ist ganz und gar still, entweder sie schläft oder ist doch noch zu ihrem Freund gefahren, weil alle Liebesbeziehungen haben und glücklich sind, sogar Gerhild hat eine Freundin, die in einer Wohnung wohnt, bei der sie häufig übernachtet, besonders im Winter, oder wenn sie zu faul ist, den Badeofen anzuheizen, ich bin eine einsame Wölfin, ich bin ein Polarfuchs, ich bin eine Schneeeule, ich klopfe vorsichtig an Henrikes Tür, aber es bleibt still, also trotte ich zurück in die Mitte der Betonplatte und warte wie E.T. darauf, dass endlich ein Raumschiff kommt und mich abholt, meine Fingerspitzen und Fußsohlen brennen, obwohl der Beton inzwischen ausgekühlt ist, Karl sitzt in irgendeinem Baum und schläft und Gerhild ist wahrhaftig meine letzte Rettung, weil ich sonst hier und jetzt an mir selbst verzweifle, weil im nächsten Moment mein Schädel die Kopfhaut durchbricht, weil das Herz mich antreibt und ich wie ein Brummkreisel über die Platte rotiere, vor Gerhilds Tür zum Stehen komme, anklopfe und warte, dann geht die Tür tatsächlich auf, ob ich reinkommen könne, frage ich mit zittriger Stimme, ob sie ein Glas Wasser habe, ob sie wisse, was mit mir los sei und warum mein Herz so rase und die Kopfhaut prickele und Finger und Fußsohlen brennen, sie schüttelt den Kopf und holt ein Glas Wasser, während ich noch im Eingang stehe, die Türklinke in der Hand, auf der Couch liegt die Killerkatze und schnurrt, räkelt sich auf dem Rücken, gibt vor, dass sie gestreichelt werden möchte, um dann im nächsten Moment die Krallen auszufahren, sobald sich jemand ihrem Bauch nähert, das Wasser und Gerhilds Anwesenheit beruhigen mich, vielleicht ist es das Asthmaspray, überlege ich laut, Gerhild runzelt die Stirn, ob ich die Packungsbeilage gelesen habe, nein, antworte ich, dass ich das inzwischen vermeide, weil ich immer alle Nebenwirkungen bekomme, ob sie die Packungsbeilage für mich lesen soll, fragt sie, verwundert bejahe ich, denn auf diese Idee wäre ich selbst nie gekommen, drehe mich um und deute auf meinen Wagen, dass ich gleich zurück sei, so schnell ich kann, husche ich über den Beton, fast wie ein Wiesel, hüpfe in meinen Wagen hoch und hole das Asthmaspray samt Verpackung vom Schreibtisch, um gleich wieder zurück bei Gerhild zu sein, im sicheren Hafen, damit sie mir erklärt, was mit mir passiert und ob es vorübergeht oder ich doch noch in ein Krankenhaus muss, Ephedrin, liest Gerhild vor, wahrscheinlich ist es das, ganz sicher ist es das, bestätige ich erleichtert, weil ich meinen Zustand nun einordnen kann und weiß, dass die Wirkung nachlassen wird, wie bei Speed, nach dieser Nacht werde ich nie wieder dieses oder ein anderes Asthmaspray benutzen, eher ersticke ich auf natürliche Weise oder verbleibe im Liegestuhl und beobachte die Wolken und hoffe auf Almosen und darauf, dass ab und zu jemand für mich kocht oder mir einen Kuchen bäckt, ob ich bleiben möchte und gemeinsam Serien schauen, fragt Gerhild, denn wahrscheinlich könne ich ohnehin nicht schlafen, womit sie recht hat, aber du, entgegne ich, sie zuckt mit den Schultern und fischt den Rest eines Joints aus dem Aschenbecher, nimmt einen tiefen Zug und hält mir den Stummel hin, nein, nein, sage ich, mit den ganzen Keimen und so, lieber nicht, sie zuckt wieder mit den Schultern, steigt die Treppe hinauf ins Bett, legt sich den Laptop auf den Schoß, ich steige ihr nach und krieche unter die Bettdecke.

Als ich um fünf in der Früh bei Gerhild im Bett aufwache, atme ich frei, wie ein auftauchender Buckelwal, strample die Bettdecke von mir und stelle fest, dass ich mich in der besten aller Welten befinde, verlasse Gerhilds Wagen und verspüre Dankbarkeit für dieses Leben, für Karl, meine Familie, mein Kollektiv, für Estha, für die Zeit mit dir, und atme tief ein. Ganz ungewöhnlich fühlt es sich an, wenn der Sauerstoff den gesamten Brustkorb ausfüllt und nicht mittendrin steckenbleibt. Karl krächzt im Baum, gleich wird er hinuntergleiten, auf mich springen und seinen Schnabel an mir wetzen, gleich wird er sein Frühstück und die Streicheleinheiten einfordern und danach ein Suchspiel, gleich werden wir eine Runde über den Platz schlendern, auf dem jene, die aus den Urlauben zurück sind, jene, die einen kurzen Zwischenstopp einlegen, bevor sie in den nächsten Urlaub aufbrechen, ruhig in den Vormittag hineindösen, sogar die Hühner sind noch im Stall, in der großen Halle schraubt noch niemand, ich überlege, nach dem Morgenprogramm mit Karl zu einem kurzen Spaziergang in die Stadt aufzubrechen, die geschlossen in sich ruht, weil alle Einfamilien- und Mietshäuser ihre Bewohner*innen täglich in den Wald ausspucken, der seit Mai von Menschen überquillt, sodass ich letztens ein Wildschwein beobachtet habe, das panisch den Spazierpfad entlanggaloppierte, ich setze Karl auf seinem Ast ab, du bist das Schönste, sage ich zum Abschied, das Allerschönste, und küsse ihn auf das Köpfchen, er knabbert kurz an meiner Stirnfranse, bevor er in den Baum und höher hinaufhüpft, sodass ich mich entspannt umdrehe, Karl, Wagen und Platz hinter mir lasse, das Gittertor fällt laut ins Schloss und vor mir geht über den Dächern die Sonne in allen Pastelltönen auf, was die Entscheidung, ob ich nach rechts oder links abbiege, erschwert, von überall umfasst mich das weiche Licht, also bleibe ich eine Weile stehen, schließe die Augen, lasse mich von den sanften Morgenstrahlen in der Nase kitzeln, bis ich mich schließlich nach rechts drehe, die Sonne im Gesicht, das Rascheln der Blätter aus der Kleingartensiedlung auf der einen Seite, auf der anderen die stille Häuserreihe, ich laufe auf der Straße, da ohnehin keine Autos fahren, weder um diese Uhrzeit noch sonst, scheinbar ist das der Verlauf der Krankheit und womöglich bin ich tatsächlich wieder gesund, ich streiche mit der Hand über meinen Brustkorb, kein Druck, keine Schwere, vielleicht sollte ich losrennen, wie es sich wohl anfühlen würde, einfach zu rennen, ob Karl eines Tages richtig fliegen wird, wie sich das für ihn anfühlen wird, ich renne los, renne an ein, zwei, drei Häusern vorbei und bleibe abrupt stehen, bin völlig außer Puste, lege die Hände auf die Knie, atme ein, atme aus, wie blöd kann man sein, atme ein, atme aus, das Herz rast, nein, nein, weiter atmen, langsam atmen, ich setze mich auf die Bordsteinkante und atme, so ruhig ich kann, Schweiß rinnt mir den Rücken hinunter, auch im Gesicht bin ich nass, dann muss ich plötzlich lachen, warum ich dachte, über Nacht auf einmal gesund zu sein, trotzdem ist es besser, als es war, immerhin bin ich gerannt, auch wenn jetzt meine Lungen brennen, als hätte sie Gott ins Fegefeuer geschmissen, die Bäckerei im Rewe hat offen und ein Cappuccino mit einem Croissant wäre eine angemessene Belohnung für den Fünfzig-Meter-Sprint, also reiße ich mich zusammen und schlurfe los, langsam und Schritt für Schritt mit etlichen Pausen, bis ich den Rewe erreiche, vor dem eine Schlange steht, weil nur eine begrenzte Anzahl Menschen gleichzeitig hineindarf, ich stelle mich an, mein Blick fällt auf jene in der Schlange, die rauchen, seit mich die Klonsoldatin aus der Praxis meiner Hausärztin angerufen hat, um mir mein positives Testergebnis mitzuteilen, habe ich keine Zigarette mehr angerührt und würde es weiterhin nicht wagen, aber der Geruch zieht mich an, eine Sehnsucht nach früher, Hej, höre ich hinter mir, drehe mich um und erkenne Draußen-Tanja, wusste nicht, dass du schon so weit laufen kannst, sagt sie, ich nicke und denke, dass, würde sie mich öfter besuchen, sie auch meine Fortschritte mitbekommen könnte, dann wäre es nicht so überraschend, mich hier zu treffen, schließlich habe ich auch den Weg zur Hausärztin und zum Lungenfacharzt allein geschafft, ob das bedeute, dass ich wieder ganz gesund sei, fragt sie und ich frage, was das heißen solle, wieder ganz gesund, na ja, ob ich noch spüren würde, dass mit meinen Lungen etwas nicht in Ordnung sei, ergänzt sie zögerlich, aber ich möchte nicht länger über die Krankheit sprechen, außerdem bin ich an der Reihe, um in den Rewe hineinzugehen, weshalb ich mich schnell verabschiede, nach einem Korb greife und zu Steinecke laufe, wo Cappuccino und Croissants auf mich warten, die ich vor meinem Wagen gemeinsam mit Karl verspeisen werde, weil mir Menschen plötzlich unsympathisch und fremd sind, auf einmal vermisse ich Karl so sehr, als wären nicht 58 Minuten, sondern mehrere Wochen vergangen, es krampft sich mein Magen zusammen und ich laufe über Schleichwege zurück zum Wagenplatz, stelle mir vor, wie sich Karl über das Croissant freut, er isst inzwischen fast alles, was ich esse, und am Platz angekommen, suche ich im Wipfel der Pappel nach ihm, nach dem kleinen schwarzen Fleck, der zwischen den Blättern herauslugt und mit den Flügeln wackelt, aber er sitzt schon auf der Treppe vor meinem Wagen, kurz versetzt es mir einen Stich, denn die Killerkatze könnte in der Nähe sein, dann krächzt mich Karl so freudig und ohne Argwohn an, dass meine Angst verfliegt, ich mich an den Gartentisch setze, Croissant und Cappuccino auf die Papiertüte lege, denn heute ist ein Tag in der besten aller Welten, und Karl schnappt gierig nach dem Croissant, ich lache, reiße ein Stück heraus und reiche es ihm, tränke den Rest in Cappuccino und stopfe es mir in den Mund, Kaffee rinnt über mein Kinn und tropft auf den Tisch, Karl möchte mehr, pickt auf die Papiertüte ein, du bist so klug, sage ich und hole das zweite Croissant heraus, so unfassbar klug.

1991 bist du in dein demokratisches Polen zurückgekehrt und hast doch noch die Heimat bekommen, für die du gekämpft hattest, aber für mich gibt es kein echtes Zuhause, nirgendwo. Nicht einmal ihr, du und meine Mutter, konntet mein Zuhause sein, weil homosexuelle Kinder meistens heterosexuelle Eltern haben. Auch Karl wird von einem fremden Wesen aufgezogen, das um ihn, aber niemals für ihn kämpfen könnte, und verzweifelt stelle ich fest, dass ich ihn nicht auf die Herausforderungen seiner Welt vorbereiten werde, die Greifvögel des Waldes und die Jäger, so wie du mich nicht auf mein Leben vorbereiten konntest, weil du erst viel zu spät erkanntest, was auf mich zukommen würde, und ohnehin nichts damit anzufangen wusstest, weil ich schon damals nicht mehr in deiner Welt existierte. Also stehe ich wütend auf und schreie Karl an, dass er endlich fliegen soll, dass er schließlich ein Scheißvogel ist. Karl sieht mich fragend an. Du blöder Vogel, schreie ich in die beste aller Welten hinaus, in der ein paar Tausend Kilometer entfernt Menschen wie ich gesteinigt werden, lern endlich fliegen, schreie ich und laufe zum Klo, die Krankheit ist von mir abgefallen, trotzdem bin ich nicht gesund und niemand erklärt mir, warum, ich drücke die Spülung, verlasse das Klo und sehe gerade noch, wie Karl vom Boden abhebt und fliegt, mein Engelchen fliegt, wenn auch nur bis zur Zwischenmauer, aber vom Boden weg, aus eigener Kraft, du bist so der Vogel!, rufe ich zu Karl hinauf, lache vor Glück und vergesse alles, das ich gerade noch gedacht habe, du bist sooo der Vogel!, rufe ich stolz, Tränen kullern die Wangen hinab, du bist so sehr der Vogel!, und Karl krächzt zurück, läuft hektisch auf der Zwischenmauer hin und her, trau dich!, rufe ich, ohne genau zu wissen, was ich damit meine, trau dich!, und mit einem Mal hat Karls Zögern ein Ende, er stößt sich von der Zwischenmauer ab und fliegt. Die ersten Flügelschläge macht er rasch hintereinander, wie eine Taube, aber schon bald nutzt er seine gesamte Spannweite und gewinnt mit langen Schlägen an Höhe, fliegt weiter, Richtung Auwald, bis ich ihn nicht mehr sehen kann, bis er aus meinem Sichtfeld verschwunden ist, bis ich mit feuchten Augen auf der Klotreppe stehe und feststelle, dass mein kleiner Prinz, mein Schatz fort ist und ich mich nunmehr allein in den Liegestuhl vor meinen Wagen setzen werde, um den Himmel anzustarren.

Estha lächelt wie ein Golden Retriever, dem niemand etwas abschlagen kann, aber wenn sie lügt, wird sie zu einem Chamäleon, das zwischen den Zeilen verschwindet. Seit ich Estha kenne, orte ich Schönheit, wie ein Habicht den Fasan im Feld, als wäre mein Blick zuvor der einer Fledermaus gewesen, und mein Wagenplatz verweilt friedlich in der Abenddämmerung, in der ich Esthas schwarz-weiße Urlaubspostkarte aus Amsterdam betrachte, auf der eine Frau abgebildet ist, die freihändig auf einem Fahrrad fährt. Niemals würde Estha eine Karte mit einer Gracht, einem Tulpenstrauß oder dem Rotlichtviertel verschicken, obendrein ist die Frau dick und lacht, und ich wäre gerne das Foto in der Ausstellung gewesen, das Estha so gut gefiel, dass sie im Souvenirshop des Museums davon eine Postkarte kaufte, ich kaue an einer Gurke und aus dem Wald hallt seit gestern Abend Musik, weil jedes Konzert, das während des Lockdowns ausfallen musste, von Horden hungriger Musikfanatiker*innen jetzt nachgeholt wird, als wäre an ihnen ein Unrecht begangen worden, und die Gurke aus dem Lidl schmeckt nach Wasser, ich werfe sie in den Kompost, dann scrolle ich über den Screen des Smartphones, gebe zum hundertsten Mal Long-Covid in die Suchmaschine ein und wische es im nächsten Moment wieder weg, ich möchte nicht wissen, was mit mir geschehen wird, dass ich womöglich nie wieder gesund werden könnte, seit einigen Tagen ist deine Stimme in meinem Kopf verblasst, weshalb ich beschließe, den Laptop hochzufahren, und dich auffordere, die Geschichte mit dem Krankenhaus ein weiteres und noch einmal zu erzählen, um nicht nur zu hören, sondern wirklich zu begreifen, dass du dich bereitwillig infizieren hast lassen, dass du dafür bezahlt hast, dass du dein letztes Geld aus der Gummisohle deines Schuhs herausgeschnitten hast, damit dir ein Arzt Bakterien in dein Blut spritzt, um zu verhindern, dass du in den Gulag zurückgeschickt wirst, und dass du dann innerhalb weniger Stunden im Fieberdelirium lagst, weder ansprechbar noch arbeitsfähig, aber noch nicht tot warst, obwohl du an den Bakterien ebenso sterben hättest können wie an der Kälte, mein wunderschöner Vater, ich weiß nicht, ob ich es dir verzeihen kann, nur so knapp mit dem Leben davongekommen zu sein, wenn ich das Passfoto von dir betrachte, das bei meinem Schreibtisch hängt, mein wunderschöner Vater hat dafür bezahlt, dass ihm ein Arzt Gift spritzt, damit er vom Gulag ins Krankenhaus gebracht wird, damit er auf einer Matratze im Warmen halluziniert, mein wunderschöner Vater liebte das Leben so sehr, wie Estha es liebt, weil sie weiß, dass auch ein Chamäleon irgendwann gefunden und getötet wird, wenn den Siegern danach ist, und all die schönen Künste, wohlgewählten Worte, mit Gold ausgestopften Zähne werden nichts daran ändern, dass wir einander in der Hölle wiedersehen. Das Schwarz der Nacht bricht ein und ich stelle mir vor, dass Karl auf meine Schulter springt, über uns hängt ein wolkenfreies Sternengewölbe, als ich 16 Jahre alt war, wünschte ich mir nichts sehnlicher als den Kuss einer Frau, die ich liebte, als ich 16 Jahre alt war, dachte ich, dass ich erst danach sterben dürfte, als ich 16 Jahre alt war, glaubte ich, es sei unmöglich, von einer Frau geküsst zu werden, weil niemand außer mir derart empfand, es somit nie geschehen würde, dass ich meine Sehnsucht mit ins Grab nehmen müsste, und heute wünsche ich mir, dass Estha Frau und Hund nie verlässt, Amsterdam ist eine schöne Stadt, steht auf der Rückseite, und im Nachsatz, auch dir würde es hier gefallen, weil Estha vergessen hat, dass ich in Amsterdam gelebt habe, mit Anfang zwanzig, als ich dachte, die Niederlande wären das Paradies, dort durften schon damals homosexuelle Paare heiraten, nur wurde ich mit meiner Partnerin trotzdem in einer beliebigen Nacht von einer Gruppe Männer, die unseren Weg im Zentrum der Stadt kreuzten, als Lesben beschimpft und angespuckt, was Estha mit Frau und Hund nicht zugestoßen sein dürfte, sonst hätte sie etwas anderes auf die Postkarte geschrieben oder überhaupt keine verschickt, sonst hätte ich womöglich einen Brief erhalten und es wäre der erste gewesen.

Wann ist er fortgeflogen, fragt Estha, die mir die unbeantworteten SMS und weggewischten Anrufe nicht übel nimmt, weil sie großzügig sein kann, lächelt sie mir voller Offenheit über den Bildschirm zu, gestern, antworte ich, arbeitest du an deinem Text, fragt sie, denkt, dass es ihre Aufgabe sei, mich in mein Autorinnensein hineinzuführen, sonst liefe ich womöglich Gefahr, meine Ziele aus den Augen zu verlieren, ich habe mir die Aufnahmen angehört, antworte ich, fassungslos darüber, wie gut sie aussieht und wie weit weg sie sich anfühlt, weiter als Karl, der wohl im Wald herumhüpft, wahrscheinlich bereits Freundschaften mit anderen Krähen geschlossen hat, vielleicht hat er mich schon vergessen, sage ich, Estha schüttelt vehement den Kopf, die Locken wirbeln vor ihrem Gesicht herum und verbergen für eine Sekunde die dunkelbraunen Augen, du solltest nach Wien kommen, sagt sie und ich nicke automatisch, wozu, frage ich verzögert, denn niemand weiß, wann der nächste Lockdown verhängt wird, und wäre ich in Wien, würde ich ganz allein im Haus meiner Mutter sitzen, die wiederum allein in Polen sitzt, alle, die zu Beginn der Pandemie allein waren, sind nun noch einsamer, wir könnten Kaffee trinken und spazieren und quatschen, antwortet Estha begeistert, sodass ich lächeln muss, die Bilder gefallen mir, ich stelle mir vor, dass sich ihr Arm um meine Schultern legt, wie eine Boa Constrictor, während wir auf einer Bank im Stadtpark sitzen und warmer Wind über unsere Köpfe streift und Hooks vor unseren

Füßen liegt und wacht, sollte jemand vorbeigehen und uns anspucken oder mit einer Kastanie nach uns werfen, obgleich wir uns weder küssen noch ich meine Hand in ihrer Hose habe, meine Zunge weder ihr Ohrläppchen berührt noch in die Ohrmuschel fährt, wiewohl meine Finger nicht unter ihrer Bluse spielen und die Brustwarzen hart werden lassen, auch wenn Estha nicht die Beine überkreuzt, weil sie die Nässe im Schritt nicht mehr aushält, und ich sie nicht deshalb auf eine Decke ziehe, die plötzlich im Gras hinter der Bank liegt, damit ich ihr endlich die Hose aufknöpfen kann, dann lacht Estha kurz auf und sagt, dass wir auch ein Eis essen gehen könnten, was, frage ich und blinzle, male einen Kreis auf den Notizzettel, der neben dem Laptop liegt, wir könnten dein Manuskript durchgehen und deine Lektorin wohnt doch auch in Wien. Und wenn Karl zurückkommt, wende ich ein, außerdem geht Henrike erst in einem Monat aufs Schiff, wahrscheinlich bin ich ohnehin noch zu schwach für eine Reise, Estha nickt und schweigt und sieht selbst dabei attraktiv aus, ich erzähle ihr von deinem Aufenthalt im Krankenhaus, wie furchtbar, sagt sie, von Weitem sehe ich Henrike näherkommen, sie weiß noch nichts von Karls Abflug, sonst wäre sie früher gekommen und hätte mir etwas zu essen gekocht, ich müsse jetzt los, erkläre ich Estha, und dass wir ja bald wieder skypen können, diese Woche gehe nicht mehr, antwortet sie, die Arbeit fresse sie geradezu auf, es folgt eine lange Aufzählung von Namen, Terminen und Tätigkeiten, ich mhme mehrmals, winke bereits Henrike und sage schließlich, okay, dann tschüss, und klappe den Laptop zu.

Es ist der zweite Tag ohne Karl, und auch wenn das Leben nicht linear verläuft und ich immer wieder an den gleichen Weggabelungen stehen bleibe, suche ich stets nach einem roten Faden. Karls Krallen und Flügel zeigen vom Himmel nach unten auf die Erde, aber wir sind eben, wer wir sind, Menschen, deren Hände zum eigenen Körper zeigen. Bald werde ich Kaffee aufstellen und mich damit auf die Treppe vor meinen Wagen setzen, über den Screen meines Smartphones wischen, die Social-Media-Kanäle durchscrollen und Nachrichten lesen, ich werde mir die Corona-Zahlen in Leipzig, in Sachsen und schließlich der ganzen Welt ansehen, bis ich bereit bin, mein Versprechen weiter einzulösen, damit mich Estha und Henrike nicht für feige halten, damit sie sehen, dass auch ich kämpfe, dass ich zu meinem Wort stehe, und sobald sich der Tag dem Ende zuneigt, laufe ich los und suche Karl, in einem der Krähenbäume sitzt er bestimmt, er wird meine Stimme erkennen und sich an mich erinnern, dann wird er sich vom Ast hinunterschwingen, um auf meiner Schulter zu landen, sodass wir gemeinsam nach Hause zurückkehren, auf den Platz, der Ländern und ihren Gesetzen trotzt.

Ich habe Jan Karski auf Deutsch gelesen, das Buch über deine Zeit im Widerstand und im Gulag werde ich auch auf Deutsch schreiben, ich könnte Jan Karski auf Polnisch lesen, es wäre beschwerlicher, ich würde länger dafür brauchen als die drei Tage seit Karls Verschwinden, aber es ist möglich. Jedoch dein Buch auf Polnisch zu schreiben, ist unmöglich, peinlich wäre das und würde weder dir noch der Geschichte deines Landes gerecht werden, also schreibe ich auf Deutsch in Deutschland, in Ostdeutschland, der ehemaligen DDR, wohin ich freiwillig gezogen bin, um dem ehemaligen Realsozialismus näher zu sein, um besser zu verstehen, was nach der sowjetischen Machtübernahme geschehen war, was es in den Menschen hinterlassen hat, und erscheinen wird dieser Ausschnitt deiner und meiner Geschichte in einem österreichischen Verlag. Du lachst. Ich blicke vom Müllberg über den Wald bis zu den Windrädern, spaziere ein wenig auf dem Plateau herum, bevor ich zu meinem Wagen zurücklaufe. Es fängt an zu tropfen, harte Wassertropfen fallen auf staubige Erde. Als ich ankomme, höre ich ein Krächzen und hebe reflexartig den Kopf, aber in den Bäumen sitzt kein Vogel, wahrscheinlich habe ich es mir nur eingebildet, seit Karls Abflug höre ich das Krächzen bis tief in die Nacht hinein, ich sperre die Wagentür auf und erneut krächzt es ganz deutlich und plötzlich, wie in einem meiner Tagträume, springt Karl unter Gerhilds Wagen hervor und rennt mit ausgebreiteten Flügeln auf mich zu, unmöglich, denke ich und rufe, wo kommst du denn her, setze mich auf den Betonboden, Karl springt auf meine Hand, die ich hochhebe und ganz nah an mein Gesicht heranführe, bis Karls Schnabel meine Nase berührt, meine Hand zittert leicht, noch immer kann ich es nicht fassen, dass mein Engel zu mir zurückgekommen ist, obwohl er fliegen kann, obwohl ihn hier nichts mehr festhält, obwohl er ein freier Vogel ist, flog er zu mir zurück, um auf meinem Knie zu sitzen und sich von mir streicheln zu lassen, das ist Liebe, denke ich und streichle und streichle und überlege, ob es noch Hühnerherzen im Eisschrank gibt, ob Karl gekommen ist, um zu bleiben, oder ob er gleich wieder wegfliegen wird, ob er andere Krähen kennengelernt hat, ob die anderen ihn nicht wollten, weil er nach mir stinkt, wie weit ihn seine Flügel getragen haben, wie die Aussicht war, ob ihn die Höhe überwältigt hat, es gibt so vieles, das ich meinen Schatz fragen möchte, das ich verstehen will, Karl hat die Lider nach oben gezogen, ich streichle weiter, bleibe auf dem nassen Beton sitzen, aus Angst, dass ein Ortswechsel ihn umstimmen könnte, Regentropfen rinnen über meine Haare auf den Rücken und schon bald sind T-Shirt und Hose nass, aber das macht rein gar nichts, denn Grippe und Covid hatte ich schon.

Obwohl es keine Held*innen gibt, möchte ich trotzdem noch immer die Schneeeule und den Uhu aus dem Wildpark befreien, weil ich nicht einsehe, dass ein Vogel nicht fliegen können soll, obwohl er fliegen könnte, und wenn ich aufhöre, die Schneeeule und den Uhu befreien zu wollen, wenn ich mich mit ihrer Gefangenschaft abfinde, dann würde ich wahrhaftig aufgeben und dein Erbe verschmähen.

Ich erwäge, auf dem Metallspind, der an meinem Anhänger lehnt, für Karl eine Futterstelle einzurichten, die sich außer Katzenreichweite befindet, damit er jederzeit auftanken kommen kann, wenn ich selbst unterwegs bin oder nicht mehr hier lebe. Womöglich gibt es einen Futterspender, der sich für eine Woche auf Vorrat auffüllen ließe, dann könnte ich Henrike bitten, nachzufüllen, wenn sie da ist, und ich scrolle, von der Vorstellung angetan, durch das Internet und finde einen Futterspender für Hunde und Katzen, einen Smart Snacker, wahrscheinlich wird Karl die Erdnüsse, mit denen ich den Spender auffüllen werde, rauspicken und irgendwo unter Blättern oder in der Erde verstecken, schon krächzt er vom Gartentisch zu mir herüber und beschwert sich, dass sein Teller leer ist, also beschließe ich mit der Unterrichtsstunde zu beginnen, hole ein paar Hühnerherzen, stelle den Teller auf den Metallspind, wofür ich einen Stuhl benötige, und deute Karl eine Flugbahn an. Aufmerksam folgt er meinen Bewegungen, begreift sofort, was zu tun ist, und flattert los, nur um gleich wieder hart zu landen, weil der Flugweg zu kurz war und die Landebahn gänzlich fehlte, aber er rappelt sich auf und sieht mich erwartungsvoll an, also überlege ich weiter und hole am Ende meiner Berechnungen den Liegestuhl, stelle ihn in angemessener Entfernung zum Spind hin, zeige als Nächstes mit meinen Fingern auf die Rückenlehne und gehe dann langsam, Schritt für Schritt vom Liegestuhl zum Spind. Obgleich es mir unmöglich scheint, dass Karl die Geste begreifen könnte, denn kein Tier, mit dem ich bisher Umgang hatte, wäre dazu imstande gewesen, zögert er nicht und hüpft auf die Rückenlehne des Liegestuhls, von wo aus der Flugwinkel flacher ist als vom Boden, er flattert selbstbewusst los und erreicht beinahe das Dach des Spinds, nur noch ein paar Zentimeter haben gefehlt, dann rutscht er wie in einem Comicfilm am Spind entlang nach unten, es hört sich unangenehm an, ich sehe in die andere Richtung und zum Himmel hinauf, dann rücke ich den Liegestuhl noch etwas weiter weg, doch Karl hat sich bereits abgewendet und hüpft Richtung Dschungel, na gut!, rufe ich ihm nach, wir versuchen es später!, hole den Teller herunter und stelle ihn zurück auf den Gartentisch.

Jan Karski schreibt: Die Polen erkannten die deutsche Besatzung nie an. Das wird schon dadurch belegt, dass es im Unterschied zu allen anderen besetzten Staaten in Polen nie eine rechtmäßige oder auch nur pseudolegale Institutionen gegeben hat, die mit den Deutschen zusammenarbeiteten. In ganz Polen wurde kein einziges politisches Amt in der von Deutschen kontrollierten Verwaltung jemals von einem Polen besetzt, und kein einziger Provinzvorsteher war polnischer Nationalität. Das schreibt Jan Karski und es gibt mir ein Gefühl von Zuversicht, nicht nur, weil es Pol*innen waren, die sich der Besatzung nicht beugten, sondern vor allem, weil es ein Beweis ist dafür, dass es immer und überall möglich bleibt, sich zu widersetzen, und deswegen frage ich dich, was aus deinem Gerechtigkeitssinn geworden ist, wenn du mir im Alter von siebzig Jahren erklärst, dass ich doch bitte mit meinem Verhalten nicht unnötig Homophobie erzeugen soll, anstatt dich daran zu erinnern, dass es eine Demokratie war, für die du in der Armia Krajowa gekämpft hast, im Gefängnis gefoltert wurdest und im Gulag gesessen bist, und dass man die Qualität einer Demokratie an ihrem Umgang mit Minderheiten misst, und was für einen Wert dein heutiges Polen eigentlich hat, wenn noch immer Jüd*innen verprügelt werden, Frauen die Abtreibung verboten wird und Ortschaften sich zu lgbtiq-freien Zonen erklären, und wenn du alles trotzdem gutheißen kannst, wofür waren dann dein Widerstand gegen die Nazis oder die spätere Solidarność-Bewegung gegen das Sowjet-Regime eigentlich gut.

Du musst wissen, dass man bei minus fünfzig Grad nicht einfach stehen bleiben darf. Die Bewegung ist es, die dich am Leben hält. Aber es kommt der Moment, in dem du nicht mehr am Leben bleiben willst, wenn dich die Depression fest im Griff hat. Ich sage: Depression kennt keine Freude.

Erinnerung folgt keiner Logik und nationale Identität ist immer eine Erzählung. Obwohl der August 2020 bereits begonnen und keines der Asthmasprays weder meine Kurzatmigkeit noch den Druck auf dem Brustkorb vermindert hat, lebe ich und Karl fliegt. In Leipzig herrscht inzwischen reger Betrieb, Open-Air-Kinos, Ausstellungen, Lesungen im Freien, als wäre nichts passiert, es sind kaum vier Monate seit dem offiziellen Pandemiebeginn vergangen und nur drei, seit der Kreuzer, das monatliche Leipziger Veranstaltungsmagazin, den Virus zur Kenntnis genommen, ihm zwei Ausgaben gewidmet und im Juni beschlossen hat: »Nee, wir machen jetzt erst mal nichts mehr mit Corona, das nervt so langsam ...« Stattdessen schreiben alle über die Hitzewelle und den Klimawandel und ich sitze tagein, tagaus im Liegestuhl vor meinem Wagen und erwarte Karls Rückkehr aus dem Krähenbaum, in dem er die Nächte verbringt, stolz landet er dann vormittags vor meinen Füßen, senkt das Köpfchen, als würde sich mein Prinz verbeugen, dann klatsche ich, ganz hin und weg von seinen Fortschritten, woraufhin er gewohnheitsmäßig auf mein Knie flattert, um sich von mir streicheln zu lassen, alle Bewegungen wirken nun eleganter, und weitere Stunden vergehen, in denen mein Gehirn meistens im Nebel versunken bleibt, wie auch heute Vormittag, als ich plötzlich mehrere Flügelpaare gleichzeitig über mir höre und die Augen öffne, das Sonnenlicht blendet, sieh doch nur, ruft Henrike, ich stolpere aus dem Liegestuhl, drehe mich in Richtung von

Henrikes Zeigefinger zur Platzmauer und sehe fünf Krähen, die dort nebeneinander sitzen, mich und Henrike eingehend betrachten, und aus dem höhergelegenen Ast eines Baumes krächzt Karl herunter und wackelt freudig mit den Flügeln. Er hat sie mitgebracht, erklärt Henrike fasziniert, ich nicke, fünf ausgewachsene Rabenkrähen sitzen auf der Mauer hinter meinem Wagen und starren mich an, während Karl ihnen aufgeregt etwas zuruft, mir zuwinkt, er muss sie im Schlafbaum kennengelernt haben, und ich stelle mir vor, wie er ihnen von mir erzählt hat und die anderen Krähen daraufhin so: Nee, das glauben wir dir nicht. Menschen sind scheiße. Die ziehen keine von uns groß und füttern sie mit Hühnerherzen und allem Möglichen und lassen sie dann auch noch wegfliegen. Von solchen Menschen haben wir noch nie gehört. Und nicht einmal im Käfig musstest du tagsüber sitzen? Sondern der Mensch hat die ganze Zeit auf dich aufgepasst, so, wie das unsere Zeuger*innen tun? Das glauben wir dir nicht. Und Karl so: Doch, doch. Gleich neben dem Wald gibt es ein großes Betonfeld mit lauter LKWs, Zirkuswägen und LKW-Anhängern, in denen Menschen nachts schlafen, und tagsüber sind sie draußen, wie wir. Daraufhin die anderen Krähen: Also, Karl, du Waise, du brauchst doch nur Anerkennung, weil dir deine Zeuger*innen abhandengekommen sind. Aber Lügen haben kurze Beine, weil wir nämlich morgen mit dir mitfliegen werden. Und Karl: Ist gut, ihr werdet schon sehen. Und jetzt schreit Karl voller Stolz zu ihnen hinunter: Seht ihr, seht ihr! Hab ich es euch nicht gesagt! Henrike und ich starren noch immer die fünf Krähen an, die uns ebenso anstarren, bis sie sich synchron von der Mauer abstoßen und wegfliegen und Karl graziös zu mir hinuntergleitet, damit wir unseren Alltag fortsetzen können, und ich denke, dass eben das der Stoff ist, aus dem Märchen gemacht sind, und würde nicht Henrike neben mir stehen und könnte es bezeugen, es würde mir niemand glauben, dass ich Teil der Krähenwelt geworden bin, Teil ihrer Erzählungen im Schlafbaum und vielleicht Teil ihrer zukünftigen Sagen.

Jüd*innen wollte wirklich niemand, fasse ich zusammen und Henrike sieht mich fragend an. Deutschland ohnehin nicht, fahre ich fort, aber auch die Alliierten rissen sich nicht darum, Jüd*innen aufzunehmen, obwohl diese bereits tödlich bedroht waren. Und die Sowjets wollten Jüd*innen nur, solange sie für Stalins Zwecke gebraucht und noch nicht durch Russ*innen oder Georgier*innen ersetzt werden konnten. Dass viele Pol*innen diesem Teil von Hitlers Kampf auch nicht abgeneigt waren, zeigte sich spätestens 1945 und 1946 in den Pogromen von Rzeszów, Krakau und Kielce, doziere ich weiter, denn gerade in Schuldfragen ist es wichtig, niemanden auszulassen, und warum, denkst du, war das so, fragt Henrike lasch nach. Vielleicht weil Jüd*innen in Polen das Paktieren mit den Sowjets vorgeworfen wurde. Außerdem hat man Vergehen gegen Jüd*innen kaum verfolgt, und wahrscheinlich waren Pol*innen ebenso wenig willens wie alle anderen, die von Jüd*innen gestohlenen Grundstücke, Wohnungen, Häuser oder Fabriken an die rechtmäßigen Besitzer*innen zurückzugeben. Henrike kaut auf dem Brot mit veganem Zwiebelschmalz herum und sieht mich abwesend an, wahrscheinlich ist sie des Themas überdrüssig oder es deprimiert sie zu sehr, sie fischt ja ohnehin schon Menschen aus dem Mittelmeer, wer möchte sich da noch in der Freizeit die Grausamkeiten des Zweiten Weltkriegs reinziehen, schreibst du darüber dann auch in deinem Buch, fragt sie schließlich, nachdem das Schmalzbrot verschwunden ist, ich nicke, sie lächelt und sagt, inzwischen gibt es ja Israel, oder?, jetzt nicke ich, unsicher, welcher Aussage ich eigentlich zunicke, weil wir gar nicht über Israel gesprochen haben und ich eigentlich über Deportationen nach Sibirien erzählen wollte, aber im Grunde nicht einmal darüber, sondern über den Ausflug, den Henrike für heute mit mir geplant hat, sprechen wollte, weil sie meinte, es wäre nun endlich an der Zeit, etwas weiter wegzufahren, wozu, habe ich gefragt, weil du seit April hier festhängst, ich habe uns ein Auto besorgt, ein bisschen Welt sehen, ein Flecken Erde, den du nicht schon kennst, vielleicht hat sie recht, vielleicht muss ich wirklich einmal richtig raus, nicht nur in den Wald, der mir vertrauter ist als mein Wagen, Karl hängt tagsüber meistens für ein paar Stunden mit seinen Krähenfriends ab, sollte er trotzdem alleine auf der Platte herumstromern, bin ich zuversichtlich, dass er der Killerkatze rechtzeitig davonflattern würde, hast du deinen Vater eigentlich je gefragt, warum er Jüd*innen überhaupt geholfen hat, fragt Henrike, nein, antworte ich, auf die Idee bin ich nie gekommen. Es war irgendwie selbstverständlich. Hm, sagt Henrike und nickt und wir stehen auf und verlassen den Platz, steuern draußen auf den dunkelblauen VW-Golf-Kombi zu. Irgendwie sah ich darin auch nie einen Widerspruch, überlege ich laut, ich meine, in seinen antisemitischen Äußerungen einerseits und der Entscheidung, Unrecht verhindern zu wollen, andererseits. Ich schiebe den Sitz weiter nach hinten, ziehe die Sandalen aus und lege die Füße auf das Armaturenbrett. Es wäre schon schön, auch ein Land zu haben, in das ich gehöre, eine Staatsbürgerschaft, auf die ich stolz bin und für die ich zu kämpfen bereit wäre, sage ich, während Henrike losfährt, ein queeres Land, eine queere Demokratie, ein Ort, an dem ein Mensch, der queer ist, jederzeit sicher sein kann, dass sich seine Grundrechte mit einem Regierungswechsel nicht ändern werden, dann fahren wir eine ganze Weile schweigend durch das flache Sachsen mit seinen Feldern und Wiesen, die der Hitzewelle diesen Sommer schon mehrmals zum Opfer gefallen sind, verkohlte Flächen ziehen an uns vorbei, es ist der dritte Hitzesommer in Folge, wo kämen wir denn da hin, antwortet Henrike schließlich, dann würden bald auch Vegetarier*innen und Veganer*innen behaupten, dass sie ein eigenes Land brauchen, und wer weiß, wer noch alles ein eigenes Land wollen würde, beinahe aggressiv klingt der Ausläufer ihrer Entrüstung, ich meine ja nur, verteidige ich mich schwach und von dem Angriff völlig überrumpelt, irgendwann ist doch Schluss mit diesen ganzen Ländern, fährt sie fort, sieh doch nur, was sie anrichten, diese Grenzen. Ist ja gut, antworte ich matt, ich habe doch nur vor mich hingeträumt. Ich nehme mir vor, mehr über die Gründung Israels zu lesen, obwohl ich nicht annehme, darin Antworten für mich zu finden. Außerdem, sagt Henrike, hast du doch jetzt alle Rechte, ich meine, du kannst heiraten und Kinder adoptieren und dich scheiden lassen genauso wie alle anderen auch, aber darum geht es doch nicht, entgegne ich, Henrike seufzt leise, würde ich irgendwohin auswandern wollen, erkläre ich weiter, müsste ich zuerst prüfen, wie das Leben dort für lgbtiq-Personen, Jüd*innen, Sinti und Roma und für Menschen mit Behinderungen aussieht, ich würde abzählen, wie viele Gebäude barrierefrei zugänglich sind, besonders Schulen und Universitäten, ich würde, aber da geht mir die Puste aus, alles in Ordnung, fragt Henrike und biegt von der Hauptstraße rechts in eine enge Dorfstraße ab, ich konzentriere mich auf meinen Atem, wahrscheinlich hast du recht, sagt Henrike, natürlich habe ich recht, spucke ich aus, Henrike parkt, ich sehe mich um, vor uns liegt ein gemähtes Feld, rechts davon eine Baumreihe. Daneben fließt ein kleiner Bach, erklärt Henrike, weil man ihn von hier aus nicht sehen kann, okay, sage ich und steige aus, greift es dich persönlich an, dass in Polen genauso viele Antisemit*innen herumlaufen wie überall, fragt sie, ich schüttle den Kopf, warum sollte es ausgerechnet in Polen besser sein, trotzdem haben mich die zusammengetragenen Berichte in Jan T. Gross' Angst verunsichert, wie das überhaupt möglich war, dass Menschen Jüd*innen vor den Nazis versteckt haben, überlege ich laut, wieder mit gleichmäßigem Atem, wir laufen an der Baumreihe entlang, der kleine Bach plätschert schüchtern neben uns her, eine heiße Mittagssonne versengt die letzten grünen Halme auf dem Feld und fährt uns in den Nacken und Henrike dreht sich stirnrunzelnd zu mir um, das muss so viel Mut gekostet haben, pflichtet sie mir bei, so etwas kann sich eine in unserer heutigen Zeit gar nicht mehr vorstellen, sage ich, und dass ich gelesen habe, dass der britische Premierminister Boris Johnson am Beginn der Pandemie, also vor knapp fünf Monaten, verordnet hat, eine Herdenimmunität herzustellen, indem auf alle Quarantänemaßnahmen verzichtet werden soll, und weil unabsehbar sei, wie lange das dauern werde, müsse eben jeder mit dem Verlust geliebter Menschen rechnen, hm, sagt Henrike und wir laufen weiter.

Nach dem Ausflug mit Henrike bewege ich mich drei Tage lang nur vom Liegestuhl zum Klo und zurück, und Karl weicht mir nicht von der Seite, fliegt nicht zu seinen Friends in den Wald, sondern sitzt auf meiner Schulter, meinem Knie oder hüpft mir zum Klo hinterher, wartet davor und krächzt ungeduldig, als könnte mich das Klo verschlucken, am liebsten würde er mit hinein, aber das geht wirklich nicht, wo, wenn nicht auf dem Klo, trennt sich Kultur von Natur, der Mensch vom Tier, auch in meinen Wagen drängt Karl und lässt sich abends nur widerwillig in einen Baum hinaufscheuchen, ich verstehe nicht, warum mich der Ausflug so sehr erschöpft hat, anstatt mir Kraft zu geben, nicht einmal lesen kann ich, nur herumsitzen, Karl streicheln und durch Social-Media-Feeds scrollen, wie ein aufgedunsener Fisch treibe ich an der Oberfläche, es ist erbärmlich tragisch und ich bin selbst für die Angst zu schwach, döse alle Viertelstunden weg, nur um genauso müde aufzuwachen, wenn so der Rest meines Lebens aussehen soll, möchte ich gerne die Spritze mit der blauen Flüssigkeit, mit der Sue eingeschläfert wurde, es dauerte genau die halbe Spritzenlänge und ihr Körper sackte schlaff in meinen Schoß, dann möchte ich nur noch erleben, wie Karl ganz Krähe wird und ganz wegfliegt, mehr brauche ich nicht, dann habe ich der Welt nichts mehr zu geben, außer einem matten Körper im Liegestuhl, meine Versicherung für Selbständige würde mich früher oder später sicher hinausschmeißen, was soll das auch für eine

Krankheit sein, müde und sonst nichts, kein Tumor oder Geschwür, kein Rheuma und keine Autoimmunerkrankung, wer hat denn schon von der Müdigkeitskrankheit gehört, meine Mitbewohner*innen sehen mich befremdet an, wenn ich den Großteil des Tages mit dem Vogel auf der Schulter im Liegestuhl schnarche, Essen bringt mir nur Henrike und für Wasser bin ich zu stolz, wenn ich meine eigenen Wasserkanister nicht mehr von der Leitung am Eingang zu meinem Wagen tragen kann, sind meine Tage hier gezählt, und wenn es das Einzige ist, das ich schaffe, an den Winter wage ich nicht zu denken, mit dem Winter kommt das Heizen, das Holzschleppen, das Hacken, die Bricken verstauen, als ich hierherzog und ganz ohne Geld war, trug ich bei jedem Spaziergang mit Sue Fallholz nach Hause und hackte es klein, damals bestand mein Körper aus kräftiger Muskulatur und einer Lunge, die kalter Luft trotzte wie ein Gerfalke dem Schneesturm, aber von hier aus betrachtet wirkt eine solche Realität weit weg, und ich frage mich auch, ob Karl den Winter hierbleiben oder mit seinen Friends gen Süden ziehen wird, ohne mein schwarzes Engelchen wird die Kältezeit ein Bunker, und wer weiß schon, wenn er einmal weit weggeflogen ist, ob er je wieder zurückkehrt, ob er sich dann an mich erinnern wird und wir noch Freunde sein werden.

Weil ich neben einem Badeteich aufwuchs und die Sommer meiner Kindheit gemeinsam mit dir schwimmend verbrachte, ist es mir oftmals vertrauter zu schwimmen, als zu laufen, fühle ich mich dem Wasser manchmal verbundener als der Erde, und vielleicht war es diese gemeinsame Liebe, die uns letztendlich immer wieder unsere Differenzen überbrücken ließ und ein gegenseitiges Verstehen-Wollen bis zu deinem Tod möglich machte.

Es wird Zeit, sagt Estha und blinzelt, also schiebe ich den Laptop aus der Sonne, wofür denn, frage ich und erzähle, dass ich gestern dachte, wieder ganz bei Kräften zu sein, mich aber heute fühle wie ein zurückgelassener Hund an einer Autobahnraste, und füge hinzu, dass es ständig so sei, Estha sieht mich zweifelnd an, zum Beispiel könnten wir Sachen unternehmen, ins Kino oder in eine Ausstellung gehen, wir könnten einen Ausflug mit Hooks machen, so vieles, zählt sie mit freudigem Gesichtsausdruck auf, der August geht dem Ende entgegen, und obwohl Karl fliegen kann und Freund*innen gefunden hat, sitzen wir die meiste Zeit aufeinander, hören Musik oder knacken Nüsse, irgendwann, fährt Estha fort, musst du ihn loslassen, Karl ist ein Vogel, das wäre doch nicht fair, fair, wiederhole ich und sehe feindselig in die Welt hinaus, aber ich weiß, dass Estha recht hat, komm schon, drängt sie, du kannst dich nicht für immer auf deinem Wagenplatz verstecken, so warst du doch früher nicht, jeder ihrer Sätze schmerzt, als wäre ihre Stimme ein Nagel, der über eine Tafel kratzt, ich werde darüber nachdenken, sage ich abschließend, dann beenden wir gleichzeitig Skype, ich klappe den Laptop zu und lege die Beine auf den Tisch, einen Atemzug später höre ich Karls Krächzen, sehe ihn im Anflug, er landet vor dem Wagen, flattert zu mir auf den Tisch, pickt einige Male auf den Laptop ein, obwohl ich mich über seine Anwesenheit freue, wünsche ich mir, dass er nicht gekommen wäre, was ist, sage ich herausfordernd, war dir langweilig im Wald, Karl tappst auf dem Tisch herum, ich stehe auf und gehe aufs Klo, höre ihn hinter mir herkrächzen, als ich zurückkomme, sitzt er aufgeplustert auf der Liegestuhllehne, der Himmel ist wolkenleer, der Liegestuhl weiß und Karl schwarz und ich am Ende, was willst du denn noch hier, rufe ich ihm entgegen, Karl sieht mich nur an, du bist doch ein Vogel, was willst du denn von mir, rufe ich und spüre Nässe um meine Augen, langsam öffnet sich Karls Schnabel, schau doch nicht so blöd, immer siehst du mich so bescheuert an, was weiß denn ich, was ich mit dir machen soll, du bist doch jetzt gesund, flieg doch endlich, schreie ich, flieg doch endlich weg, hektisch werfe ich die Arme hoch und komme immer schneller auf Karl zu, er flattert vom Liegestuhl hinunter auf den Boden, sieht mich so ungläubig an, als könnte ich ihm niemals wehtun, ich stampfe wiederholt auf den Boden, flieg weg, flieg weg, weg, weg, weg, und schließlich flattert der Vogel tatsächlich los und ist mit wenigen Flügelschlägen in der Luft, ich kehre zitternd zurück zum Liegestuhl, möchte mich hinsetzen und sehe rote Flecken auf der Lehne, dort wo Karl eben noch saß, fasse hin und verschmiere den Fleck, er ist noch frisch, ein Schmerz fährt durch meinen Körper, als hätte mir jemand einen Schlag versetzt, Karl!, platzt es aus mir heraus, Karl, Karl, Karl, mein Vogel blutet und ich habe ihn fortgeschickt, prüfend schaue ich in den Himmel, wenn der Flügel verletzt ist, wird er nicht weit kommen, ich sehe auf das Flachdach der Lagerhalle, unter der das

Wohnzimmer liegt, hechle zur Leiter und steige die zehn Meter hoch und auf das heiße Blech, meine Knie zittern von der Hitze, der Höhe und der Anstrengung, ich laufe das Dach auf und ab, aber Karl ist nicht hier, Karl, schreie ich weiter, unten sitzen kleine Grüppchen vor ihren Wägen, plaudern und trinken Kaffee und sehen zu mir hinauf wie zu einer irren Erscheinung, einem gefallenen Engel, vorsichtig klettere ich Leiste für Leiste wieder hinunter, laufe über den Platz und zu jedem der Kaffee-Wohlfühl-Kränzchen, habt ihr Karl die Krähe gesehen, frage ich aufgebracht, die Tränen unterdrückend, alle schütteln die Köpfe, in ihren Blicken sehe ich meinen eigenen Wahnsinn gespiegelt, wende mich ab und laufe weiter, Karl, Karl schreiend bis zum Tor und danach wieder zurück zu meinem Wagen, schreie wie eine Verrückte, bis meine Stimmbänder schmerzen, weil ich weiß, dass er mich irgendwann hören wird oder eine andere Krähe mich hören wird und es ihm weitersagen, obwohl mir alle widersprechen würden, weiß ich, dass es wahr ist, weil Krähen über ihr gesamtes Revier Posten verteilt haben und von Posten zu Posten werden Nachrichten weitergekrächzt, und inzwischen wissen doch alle Krähen, dass ich Karls Mensch bin, und wenn ich Karl schreie, muss es wichtig genug sein, um weitergekrächzt zu werden, und tatsächlich höre ich alsbald Karls Antwort, es sind keine 15 Minuten vergangen, ich reiße den Kopf hoch und sehe ihn im Anflug, schnell fliegt er, so schnell kann er inzwischen fliegen, eine Stolz-Welle durchzieht mich, mein Vogel wurde keine Boden-Krähe, er landet vor meinen Füßen, sieht fragend zu mir hoch, ich packe ihn vorsichtig von rechts und links und halte ihn dicht vor mein Gesicht, entrüstet krächzt Karl mich an, schon gut, erkläre ich, ich muss deine Wunde finden, dann stelle ich ihn auf den Tisch und begutachte die Flügel, ziehe sie auseinander, Karl pickt kurz auf meine Hand, es kümmert mich nicht, ich hebe ihn nochmals hoch, betrachte die Krallen und entdecke den kleinen Schnitt und das Blut und widerstehe dem Impuls, das Tier fest an meine Brust zu drücken, stattdessen öffne ich das Türchen von Karls verwaistem Käfig, schiebe ihn hinein und schließe hinter ihm zu, ungläubiges Gekrächze und Hin-und-her-Gerenne, ich ziehe das Smartphone aus der Hosentasche und wische mich zu Jonas' Telefonnummer durch, lande in der Mailbox, rufe sofort wieder an, wieder Mailbox, erneuter Anruf, dann hebt Jonas ab, und noch bevor er unfreundlich werden kann, weil ich ihn wahrscheinlich geweckt habe, erkläre ich den Notfall, gleich wird er hier sein und Karl versorgen, er wird wissen, was zu tun ist, schließlich ist er Ornithologe, jetzt wird alles gut, erkläre ich Karl im Käfig, aber Karl sieht mich nur wütend an.

Wahnsinn, und großartig und noch andere Superlative stehen in Esthas Rückmeldung zu den 26 Manuskriptseiten, die ich ihr vor ein paar Tagen geschickt habe, und dass es nun unumgänglich sei, dass wir uns persönlich darüber austauschen, dass sie nächste Woche mit Hooks ins Auto steigen werde, um mich einzupacken und nach Wien mitzunehmen, dass sie nicht länger dabei zusehen könne, wie ich meine Karriere in den Wind setze, sie werde kommen, das verspreche sie, und ich solle schon mal packen und mich von Karl verabschieden.

Erkenntnisse flackern auf, aber Wahrheiten müssen sickern. Als ich Karl dabei zusehe, wie er der Killerkatze die tote Maus stiehlt, weiß ich, dass er überleben wird. Es ist Mitte September, die Morgenstunden waren bereits frostig und die graue Killerkatze legte ihr Geschenk müde, als käme sie von einer langen Nachtschicht, vor Gerhilds Wagentür, um gleich darauf hinter der Katzenklappe zu verschwinden, derweil muss Karl das Geschehen vom Schlafbaum aus beobachtet haben, denn wenig später höre ich ihn hinter mir aus dem Baum heruntergleiten, nur landet er nicht wie sonst vor meinen Füßen, sondern steuert direkt den Kadaver an, krallt ihn sich, ohne zu landen, und flattert damit hoch auf Gerhilds Wagendach, kaum den Bruchteil einer Sekunde später schießt die Killerkatze aus der Katzenklappe, fast wirkt es so, als hätte sie Karl eine Falle gestellt, aber Karl pickt bereits genüsslich auf dem Kadaver herum, extralaut, damit es die Killerkatze auch nicht überhören kann, zwischendrin krächzt er zu ihr hinunter, und die Killerkatze, nunmehr nur noch eine ausgetrickste Jägerin, schleicht gedemütigt und wütend vor dem Wagen auf und ab, wartet darauf, dass Karl einen Fehler macht, aber irgendwann wird Karl des Spiels überdrüssig, packt die zerfressene Maus mit beiden Krallen und fliegt davon.

Ich sitze auf der Betonplatte in der Sonne und Karl hüpft auf meinem Körper herum, während ich nicht aufhören kann zu weinen, weil ich ihn morgen zurücklassen und nach Wien fahren werde, obwohl ich die Menschen nicht mehr will, aber auf dem heißen Beton sitzen und mit Karl spielen, wird mir keinen Lebensunterhalt sichern, wird mir keine Krankenversicherung bezahlen, wird mir weder Ansehen noch Anerkennung bringen, wird mich nur noch weiter aus der für mich vorgesehenen Welt stoßen, in der Versprechen gemacht wurden, und auch Karl ist seiner Spezies verpflichtet, ist dem Himmel verpflichtet wie ich der Erde und trotzdem kann ich nicht aufhören zu weinen.

Es gibt nichts, das wir uns vorstellen können, das nicht auch tatsächlich eintreten kann. Es gibt genauso wenige Gründe für das Gute, wie es echte Erklärungen für das Böse gibt, weshalb ich trotz allem an der Solidarität und den Freundschaften festhalten werde.

Zwei Polen waren es, die sich für AK-Mitglieder ausgegeben und dich verraten haben, ein Pole hat dir dein Geld abgenommen und ein anderer deinen ausgeschlagenen Goldzahn, aber eine Deutsche hat dich im Zug vor den SS-Männern beschützt, ein russischer Verbrecher hat dich vorm Erfrieren bewahrt und ein ukrainischer Arzt hat dir die Spritze verabreicht, die dir letztlich das Leben gerettet hat. Karl ist zehn Tage, nachdem ich weggefahren bin, schließlich auch weggeflogen. Zehn Tage saß er beharrlich vor meinem Wagen und hat gewartet, aber dann ist er weggeflogen. Das hat mir Henrike am Telefon erzählt, und dass ich ihr fehle, hat sie gesagt. Estha hat mich für die ersten zwei Wochen meiner Wien-Zeit zu sich nach Hause genommen, damit ich nicht allein im Haus meiner Mutter sitze und vereinsame, so ganz ohne Karl oder ein anderes Tier, und dann hat sie mir Hooks geliehen, unter dem Vorwand, dass sie gerade sehr viel zu tun habe und ich doch direkt neben der großen Hundezone mit dem Badeteich wohnen würde, es sei ideal und im Grunde win-win. So ist Estha oder vielleicht ist sie auch ganz anders. Wer weiß das schon.

Am Rande eines Daches klafft ein Abgrund, dessen Tiefe sich nur erahnen lässt, und mitten über dem Abgrund steht ein Mann auf einem Seil, das er Schritt für Schritt in die Leere legt. Er spannt das Seil vom Dach in Richtung voller Mond, balanciert darauf durch die Nacht, während ich ihn von hinten beobachte, den aufrechten Körper, bei dem die Mitte hält. Heute fällt mein Blick erneut auf diese Postkarte, die immer neben meinem Waschbecken hängt, egal wo ich wohne, und ich nicke mir im Spiegel zu, seife mein Kinn ein, rasiere mich und denke, dass in einer heteronormativen Gesellschaft offen homosexuell zu leben, immer noch bedeutet, Widerstand zu leisten und Schritt für Schritt ein Seil über den Abgrund zu legen. Trotzdem bleibt ungewiss, wohin der Tanz auf dem Seil führen wird. Obwohl ich mich nicht erinnere, wo ich die Postkarte gefunden habe, erinnere ich mich doch an den Moment, in dem ich mich darauf erkannte, mich und all jene, die wie ich täglich ein Stück Seil hinzufügen, um einen weiteren Schritt über den Abgrund zu gehen. Es ist ein einfaches und selbsterklärendes Bild. Etwas Unmögliches war und ist möglich und wird bis in alle Zeiten möglich sein.

Danksagung

Es war meine Schwester Izabella, die sich mit mir gemeinsam die Aufnahmen der Gespräche anhörte, die ich mit unserem Vater in den zwei Jahren vor seinem Tod geführt hatte. Allein hätte ich mich nie dazu durchringen können. Meine Mutter hielt mir den Rücken frei in der letzten Phase dieses Nachlasses, der prekärsten und bedrückendsten Zeit. An sie beide geht mein größter Dank.

Aber auch bei vielen anderen möchte ich mich für ihre Unterstützung auf Etappen dieses Weges bedanken:

Bei der Stadt Wien und dem Bundesministerium für Kunst, Kultur, öffentlichen Dienst und Sport für drei Jahresstipendien, die mir den finanziellen Rahmen gegeben haben, um mich auf meine Arbeit zu konzentrieren.

Bei Ronya Othmann für ihr Feedback und den schönsten Blurb. Bei Elisabeth Klar für das genaue Lesen des Manuskripts und ihre vielen klugen Hinweise. Bei Jana Nehls für das wachsame Auge aus dem Inneren des Textes. Bei Olivia Golde für letzte Schliffe und ihre Begeisterung, die mich immer mitzieht.

Bei Thomas Mayer, Brigitte Schwens-Harrant, Martin Pollack, Ronya Othmann, Veronika Molin und Jessica Beer für Gespräche und Gedanken im Vorfeld und auch währenddessen.

Bei Michaela Maria Müller, Olivia Golde, Ronya Othmann, Tijan Sila, Irina Nekrasowa, Marica Bodrožić, Małgorzata Oliwa u.v.m. für Literaturhinweise.

Und bei Kathrin Klöckl für das Cover!

Bibliographie

Zitate aus:

Karl-Markus Gauß, Martin Pollack: Das reiche Land der armen Leute, Literarische Wanderungen durch Galizien, Wieser Verlag 2007, Klagenfurt / Celovec

Tomasz Kizny: Gulag, Life And Death Inside The Soviet Concentration Camps, Firefly Books Ltd. 2004

Martin Pollack: Galizien, Eine Reise durch die verschwundene Welt Ostgaliziens und der Bukowina, insel Taschenbuch 2747, Erste Auflage 2001, Insel Verlag Frankfurt am Main und Leipzig 2001

Timothy Snyder: Bloodlands, Europa zwischen Hitler und Stalin, Ungekürzte Ausgabe 2013, DTV GmbH & Co. KG, München

weiters inspiriert von:

Swetlana Alexijewitsch: Secondhand-Zeit, Leben auf den Trümmern des Sozialismus, Suhrkamp Taschenbuch Verlag, 2015

Anne Applebaum: Gulag, A History, Penguin Books Ltd 2003, London

Martha Barron Barrett: Invisible Lives, The Truth About Millions of Women-Loving Women, First Perennial Library Edition 1990, New York

Paul Celan: Die Hand voller Stunden, DTV GmbH & Co. KG, 6. Auflage Oktober 2001, München

Sylwia Chutnik: Weibskram, Vliegen Verlag 2012, Berlin

Leslie Feinberg: Stone Butch Blues, Verlag Krug & Schadenberg, 10. Auflage 2023, Berlin

Masha Gessen, Misha Friedman: Vergessen, Stalins Gulag in Putins Russland, Deutscher Taschenbuch Verlag GmbH & Co. KG 2019, München

Jewgenia Ginsburg: Gratwanderung, Piper Verlag GmbH, 4. Auflage: März 1985, München

Jan T. Gross: Angst, Antisemitismus nach Ausschwitz in Polen, Suhrkamp 2012, Berlin

Thomas Grossmann: Eine Liebe wie jede andere, Mit homosexuellen Jugendlichen leben und umgehen, Rowohlt Taschenbuch Verlag GmbH 1995, Reinbek bei Hamburg

Wassili Grossman: Leben und Schicksal, Ullstein Taschenbuch 2022, Berlin

Gulag, Texte und Dokumente 1929–1956, Wallstein Verlag 2014, Göttingen

Jan Karski: Mein Bericht an die Welt, Suhrkamp Taschenbuch Verlag, 2012

Ruth Klüger: weiter leben, Eine Jugend, Deutscher Taschenbuch Verlag GmbH & Co. KG, 3. Auflage März 1995, München

Krähen: Ein Portrait von Cord Riechelmann, Naturkunden No1, Matthes & Seitz 2013, Berlin

Agota Kristof: Das große Heft, Piper Verlag GmbH, 6. Auflage: Oktober 2020, München

Julia Landau, Irina Scherbakowa: Gulag. Texte und Dokumente 1929–1956, Im Auftrag der Stiftung Gedenkstätten Buchenwald und Mittelbau-Dora und der Gesellschaft »Memorial« Moskau, Wallstein 2014, Göttingen

Ursula K. Le Guin: Conversations On Writing, Tin House Books, 2018, Portland

Helen Macdonald: H wie Habicht, Ullstein Buchverlage GmbH 2015, Berlin

Helen Macdonald: H wie Habicht, Ullstein Buchverlage GmbH 2015, Berlin

Martin Pollack: Kaiser von Amerika, Die große Flucht aus Galizien, Deutscher Taschenbuch Verlag GmbH & Co. KG 2013, München

Martin Pollack: Kontaminierte Landschaften, Residenz Verlag 2014, Salzburg-Wien

Martin Pollack: Topografie der Erinnerung, Residenz Verlag 2016, Salzburg-Wien

Małgorzata Ruchniewicz (Hg.): Polen zwischen Archangelsk und Magadan, Erinnerungen an Lager und Verbannung in der Sowjetunion, 1930-1950, Deutsches Polen-Institut, Polnische Profile Band 16, Harrassowitz Verlag 2024, Wiesbaden

Irina Scherbakowa (Hg.): Ich glaube an unsere Kinder,

Briefe von Vätern aus dem Gulag, Herausgegeben von Memorial, Matthes & Seitz 2019, Berlin

Varlam Shalamow: Kolyma Tales, Penguin Books Ltd 1994, London

Alexander Solschenizyn: Der Archipel Gulag, Scherz Verlag 1974, Bern

Ingrid Strobl: Sag nie, du gehst den letzten Weg, Frauen im bewaffneten Widerstand gegen Faschismus und deutsche Besatzung, S. Fischer Verlag GmbH, 5. Auflage: April 2002, Frankfurt am Main

Stephan Stroux (Hg.): Das wahre Ende des Krieges liegt vor seinem Anfang, Deutsch-Polnische Anthologie, Wallstein 2010, Göttingen

Związku Sybiraków: Zarządu Głównego, Komisja Historyczna, Wspomnienia Sybiraków 5, Wydawnictwo pomost 1991, Warszawa

Związku Sybiraków: Zarządu Głównego, Komisja Historyczna, Wspomnienia Sybiraków 6, Wydawnictwo pomost 1992, Warszawa